북해에서

우다영

북해에서

우다영

소설

PIN
037

차례

PIN

037

북해에서

우다영

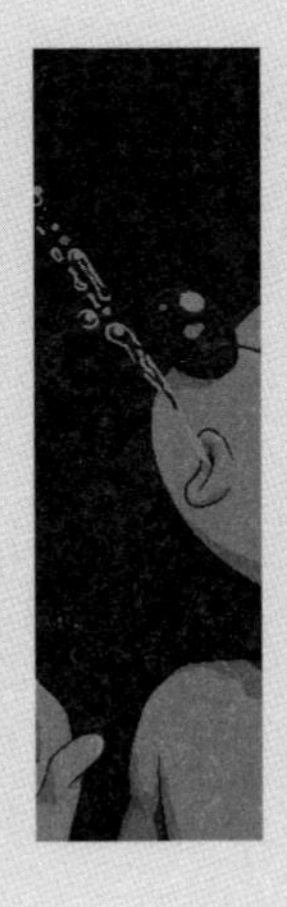

잘 자라 아가야 나무 꼭대기에서

바람이 불면 요람은 흔들릴 거야

나뭇가지가 부러지면 요람은 떨어지겠지

떨어져 내릴 거야 아기, 요람, 그리고 모든 것이

아기는 편안하고 기분 좋게 졸고 있어

엄마는 가까이 있어 흔들의자에 앉아서 앞뒤로 요람을 흔들며

아기는 잠들었지만 엄마가 부르는 노랠 듣고 있어

잘 자라 우리 아기 무서워하지 마

걱정하지 마 아가야 엄마가 여기 있어

높은 지붕 꼭대기에서 바다 아래로

내게는 우리 아가가 제일 소중하단다

조그만 손가락 꼭 감은 눈

이제 깊은 잠에 빠지렴 아침 햇살이 비칠 때까지

—자장가

나선

단정한 푸른 정복을 갖춰 입고 방문했던 젊은 장교들은 음식과 술로 배를 채우자 조금씩 긴장이 풀어졌다. 목을 꽉 조이고 있던 타이를 느슨하게 내리거나 셔츠 소매의 단추를 풀어두기도 했다. 아버지는 꽤나 엄격하고 보수적인 군인이었지만 사관학교를 졸업한 제자들이 집을 찾아와 취하며 흐트러지는 것을 내심 자랑스럽게 여겼다. 이런 날이면 일부러 호박 빛깔로 찰랑이는 독한 코냑을 식탁에 올려두고 그들이 빠르게 마시도록 분위기를 이끌었다. 그러면 꼭 한두 사람은 어느 순간 몸을 제대로 가누지 못하며 어디론가 사라졌다가 어두운 발코니 앞이나 신발장 곁에 주저앉아 잠들어 버리곤 했다.

어머니가 익숙한 듯 복도 끝 게스트룸의 위치를 일러주면 눈이 살짝 풀리고 얼굴이 붉어진 건장한 남자들이 축축한 반죽처럼 퍼져버린 취한 이의 양 팔을 둘러업고 옮겼다. 그것이 그들이 이 집을 떠나기 전에 해야 하는 마지막 순서였다. 날이 밝으면 낯선 방에서 깨어나 간밤의 실수를 복기하며 얼굴이 새하얗게 질려 있는 젊은 장교에게 아침을 먹였다. 따뜻한 조갯국이나 우유를 넣은 부드러운 양파 수프를 끓여 가족들과 함께 먹었는데 아버지는 식탁에서 아무런 말도 하지 않는 방식으로 제자들에게 겁을 주었다. 그러나 대위나 소령이 된 오랜 제자들은 이 무뚝뚝한 교수님이 실은 아주 유쾌한 기분이며 단지 그들을 놀리고 있다는 것을 모르지 않았다.

나선은 그들보다 몇 가지 더 중요하고 구체적인 사실을 알고 있었다. 아버지가 자신의 집에서 일어나는 이런 해프닝을 유일한 낙으로 여기게 된 것은 7년 전 갑작스러운 오빠의 죽음 때문이며, 당시 스물일곱 살의 젊은 공군이었던 오빠가 비행 훈련 도중 추락 사고로 죽자 평생을 몸담아온 군에서 진지하게 퇴역을 생각했다는 것이었다. 그때 나선은 열여덟 살이었다.

오빠의 장례를 치른 뒤 어느 밤, 서재의 열린 문틈으로 미동 없이 앉아 있는 아버지의 시선 끝에는 언젠가 오래된 벽지 위에 아버지가 직접 롤러를 들고 짙은 청회색 페인트를 칠했던 텅 빈 벽만이 놓여 있었다. 다음 날 아침, 서재를 다시 들여다보았을 때 아버지가 여전히 똑같은 자세로 앉아 있는 것을 보고 나선은 충격을 받았다. 이제 그녀는 또 한 가지 사실을 알게 되었다. 아버지는 일단 한번 집에 들여 잠을 재우고 보낸 남자들을 조금은 아들처럼 여기며 그리워하게 되었다.

아버지와 장교들은 거실로 자리를 옮겨 진하고 향이 좋은 커피를 마셨다. 나선은 그들이 떠난 커다란 식탁 앞에 서서, 여러 가지 음식을 맛보기 위해 바꿔가며 사용하고 겹쳐놓은 작은 접시들과 수저, 나이프, 얇고 구불구불한 막이 남아서 마치 안에서부터 유리가 녹아내리는 것처럼 보이는 조그

맣고 통통한 술잔들을 잠시 바라봤다. 물론 이런 저녁이 이전에도 있었으므로 특별한 것 없었지만, 어쩌면 이것이 끝나지 않고 무수하게 되풀이될 하나의 장면이라는 생각을 하니 나선은 팔과 목에 소름이 돋았다.

포도송이와 넝쿨 모양으로 반복되며 끝이 동그랗게 말려들어간 하얀 레이스 식탁보 위에는 색이 탁하고 걸쭉한 간장 소스와 기름을 머금어 축 늘어진 구운 양파, 가지, 감자 조각들이 여기저기 들러붙은 채 굳어 있었다. 흘린 코냑이 스며들어 담황색으로 물든 동그란 얼룩을 손끝으로 만져보니 이미 다 말라 있었다. 언젠가 어머니가 거의 흡사해 보이는 레이스 천들을 집 안 가득 펼쳐두고 비교하며 신중하게 고른 것이었다.

어머니는 오늘 저녁 아버지의 제자들이 먹을 음식을 일주일 내내 준비했다. 신선하게 먹어야 하는 생선과 채소는 이른 새벽에 장에 나가 사 왔고, 맛이 배도록 며칠간 재워두어야 하는 고기와 숙성이 필요한 몇 가지 절임 반찬, 고소한 콩 소스, 색이 연하고 짜지 않은 물김치 그리고 아버지가 특히 좋아하는 계피차는 미리 장만했다. 오늘 식탁에 앉은 모두가 식사가 끝난 뒤 그 달콤하고 끝 맛이 매운 새카만 계피차에 잣과 작게 자른 곶감을 띄워 먹었다. 나선이 기억을 떠올릴 수 있는 아주 어린 시절부터 어머니는 항상 이런 일들을 해왔다.

어머니가 나선 곁으로 다가와 이러지 말고 거실로 나가 보라는 듯 조용히 손짓했다. 나선이 못 알아들은 척 계속 식탁 정리를 돕자 어머니는 부드럽고 단호한 힘으로 딸의 손목을 붙들었다.

"자, 어서."

"저 사람들은 날 신경도 안 써요."

어머니는 고개를 저었다.

"아니야."

거실 쪽을 눈짓하며 소리 없이 웃었다.

"다들 널 생각하고 있어."

실은 나선도 알고 있었다. 모르는 척할 뿐이었다. 아버지는 한 번도 나선에게 집을 방문하는 미래가 유망한 장교들 중 결혼 상대를 고르고 있다는 계획을 들려준 적 없었지만 언제나 그들 중에서 딸의 남편이 나오리라고 믿고 있었다. 그들을 집으로 불러 술을 먹여보고 어려운 화두를 던져보며 생각과 태도를 관찰하고 은밀하게 마음속으로 평가를 내리고 그것을 기억해두었다.

나선은 아마도 저 장교들 중 대부분이 아버지의 계획과 목적을 인지하고 있으며 몇몇은 정확한 의도를 담아 적극적으로 눈에 띄기 위한 행동을 하고 있다고 생각했다. 어쩌면 당연한 일이었다. 대화에 거의 끼지 않으면서도 그녀가 항상 식탁과 거실, 심지어 남자들로만 가득한 아버지 서재에 들어와 함께 앉아 있는 상황을 조금이라도 의식했다면 너무나 짐작하기 쉬운 일이었다.

하지만 그들 중 나선에게 노골적으로 시선을 주거나 따로 다가와 말을 거는 이는 없었다. 그들은 모두 점잖고 예의 바르게 굴었고 나선의 환심을 사서 단숨에 상황을 자신에게 유리하게 만드는 것을 일종의 반칙이라고 여겼다. 이 집에서 무수하게 일어나고 지나가는 비밀스러운 긴장들은 오직 아버지와 남자들의 게임이었다. 나선이 나서거나 활약할 자리는 어디에도 없었다.

"지루해요, 군인들 이야기."

"나는 40년을 들었는걸."

"어머니가 겪은 걸 저도 똑같이 겪길 바라세요?"

아버지는 그들이 앞으로 자신과 비슷한 삶을 살아갈 닮은 사람들이기 때문에 신뢰하며 안심했지만 나선은 바로 그 이유 때문에 애초부터 그 남자들이 모두 싫었다. 그녀가 가장 잘 알고 있는 세계이자 곧 어머니가 살아온 삶 그 자체를 그저 반복하며 생을 보내고 싶지는 않았다. 자신의 미래가 눈앞에 뻔히 준비된 그것이라면 도망치고 싶었다.

여전히 나선의 손목을 잡고 있던 어머니는 잠시 생각에 잠겼다. 그리고 이내 그녀의 손등을 가볍게 쓰다듬었다.

"나는 네가 이런 말을 할 때마다 정말 세상이 바뀌었다는 걸 느껴."

"진짜로 바뀐 건 하나도 없어요."

"그럴지도 모르지."

어머니는 반대쪽 손을 가슴에 대고 놀란 마음을 진정시키듯이 쓸어내렸다.

"하지만 너는 이런 생각을 하잖니. 나랑은 다른 생각 말이야."

"어머니도 하시면 되잖아요."

"글쎄, 그런 생각이 나한테 필요할까?"

나선은 당연히 그렇다고, 누구나 자신을 옥죄는 것으로부터 벗어나기 위해 노력해도 된다고 말하려 했다. 하지만 나이 든 어머니는 벌써 고개를 가로저었다.

"나한테 필요한 줄도 몰랐던 생각을 어떻게 떠올리겠니."

나선은 어머니가 이렇게 솔직하고 정확한 표현으로 말할 때면 마음이 아팠다. 그것이 대부분 체념의 태도를 동반했기 때문에 더더욱 그랬다. 나선이 느끼기에, 어머니는 평생 별다른 공부를 하거나 직업을 가진 적이 없지만 매 순간 현명하고 유연하게 생각하는 법을 알았다.

어머니는 식탁 위에 누군가 올려두고 미처 챙기지 못한 각이 잘 잡힌 정모를 집어 나선에게 건넸다. 그 모자를 핑계로 어서 거실로 가보라는 재촉이었다. 오늘 집에 온 장교들은 모두 그것과 똑같은 모자를 쓰고 왔다. 나선은 마지못해 모자가 구겨지지 않도록 가볍게 팔에 끼우고 거실로 갔다.

아버지는 한정된 좁은 공간에만 빛이 퍼지는 뒤집힌 머핀 컵 모양의 스탠드 아래서 무릎 위에 두꺼운 녹색 앨범을 펼쳐두고 제자들에게 사진을 보여주고 있었다. 나선은 그 앨범이 모두 가족사진으로 채워져 있으며, 예전에는 너무 많이 만져서 내지가 비틀리고 딱딱한 커버 모서리가 닳아 안쪽에 눌려진 하얀 속지가 다 드러났던 오렌지색 앨범이었다는 것을 기억하고 있었다. 지금의 녹색 앨범은 거기서 죽은 오빠의 사진들을 따로 빼내고 나니 흉흉하게 비어버린 흰 여백을 없애기 위해 아예 새롭게 만든 것이었다.

오빠의 사진들을 모조리 눈에 보이지 않는 하나의 상자 속으로 치워야 한다고 주장한 것은 아버지였고, 그 힘든 일을 꼬박 하루 동안 해낸 사람은 어머니였다. 처음 앨범에 넣을 때 적당한 위치와 기울기, 옆 사진과의 거리를 고려해 신중하게 자리 잡았던 사진들이 모두 바닥으로 쏟아져 나왔다. 한번 그 자리에 붙인 순간부터 수십 년간 밀착해 있었던 투명한 덮개 비닐을 뜯어내고 여러 시간에서 흘러온 사진들을 모조리 한곳에 모으는 일이었다. 사진을 떼어내어 텅 빈 내지 곳곳에는 똑같은 직사각형 모양의 희미하게 눌린 자국이 남았다.

오빠가 없는 사진들 속에는 젊은 시절의 날씬한 어머니와 지금보다 더 날카롭고 자신만만한 표정의 아버지가 무수히 있었다. 사진이 인화된 감광지의 색 바랜 정도가 달라지면 나선이 등장한다. 올록볼록한 구름 모양 누빔 배냇저고리에 폭 잠기듯이 싸여 있는 갓난아기 나선부터 바다나 유원지, 예전에 살았지만 이제는 그녀가 기억하지 못하는 집 등에서 찍은 유년 시절의 사진들이었다. 카메라 렌즈가 포착해 영원히 남겨둔 모든 장면들 속에서 나선과 부모님은 행복한 표정을 짓고 있었다. 하지만 그런 사진들을 시간 순으로 나열하는 것만으로도 눈에 보이지 않는 프레임 밖 가까운 곳에 있었던 오빠를 떠오르게 만들었다. 어머니는 그 사진들을 추리고 정리하다가 멈추기를 여러 번 반복한 후 결국 그 일을 모두 끝냈다.

거실의 커다란 디귿 자 소파에는 빈자리가 남아 있었지만 열성적인 장교 두 명이 딱딱하고 불편한 나무 의자를 아버지 가까이에 끌어다가 놓고 관심 있게 사진을 들여다보고 있었다. 나선은 자리에 앉지 않고 창가 커튼 앞으로 가서 서 있기를 택했다. 그들이 마침 보고 있는 사진은 바퀴가 달린 원형 보행기에 앉아 마디가 오동통한 살에 파묻힌 작은 무릎을 굽혔다 펴며 춤을 추듯 들썩이는 어린 나선의 사진이었다. 사진 속 나선은 가만히 멈춰 있었지만 사진을 들여다보면 그런 움직임을 느낄 수 있었다.

아마도 생후 7개월 정도의 모습이었고, 당연하게도 나선은 저 때를 전혀 기억하지 못했다. 그저 아버지의 근무지를 따라 가족들이 북해에 살던 시절이라는 것을 부모님이 여러 번 들려주었기에 알고 있을 뿐이었다. 부모님이 진정한 의미의 신혼으로 기억하고 있는 시기였고 그분들에게 저 시기 대부분의 기억은 나선이 아니라 오빠에 대한 것이었다. 그곳에서 처음 몸을 뒤집고 처음 걸음마를 뗀 것은 오빠였다. 오물거리는 입으로 엄마를 부르고 이내 아빠를 부르며 감동을 준 것도 오빠였다. 어린 나선의 사진은 거의 오빠가 그녀를 뒤에서 껴안으며 정확히 렌즈를 바라보고 있거나 볼에 사랑스럽게 입을 맞추고 있는 것들이었다. 나선 혼자 찍은 사진 귀퉁이에도 어린 오빠의 작은 맨발이나 빠르게 지나가다가 찍힌 뒤통수의 잔상이 반쯤 잘린 채 걸려 있었다. 그런 이유로 아버지가 장교들에게 보여주고 있는 새 앨범에는 북해에서의 사진이 몇 장 남아 있지 않았다.

어느새 아버지는 근래 북해의 안보와 방위 문제에 대해 이야기 나눠볼 만한 질문들을 던지고 있었다. 젊은 장교들은 영리한 눈빛으로 진지하게 자신의 생각을 피력했다. 근현대에 북해에서 일어났던 전쟁과 분쟁의 맥락과 당시 군의 대처에 대한 냉철한 평가도 서슴지 않았다. 현재 국회의 주요 논점으로 떠오르고 있는 방위 비용 감축 혹은 증축안 문제와 외교 문제에 대해서는 장교들의 의견이 첨예하게 나뉘어서 강경한 입장과 온건한 입장 사이에 전투적인 대화가 오갔다. 말투에서 느껴지는 호전성과는 별개로 사실 그들이 이 대화를 즐거워하고 있었기 때문에 분위기가 얼어붙는 일은 없었다.

나선은 손으로 팔을 감싸고 온전히 자신만이 서 있는 좁은 공간을 느꼈다. 그녀는 먼 곳에서 일어나는 일들에 아무런 관심이 없었다. 그런 관심은 지금 이곳에서 예민한 긴장과 위화감을 느끼지 못하는 사람들이 기울이는 것이라고 생각했다. 나선을 제외한 거실 안의 모두가 그들이 새롭게 만들고 나아가야 하는 이상에 대해 이야기하고 있었지만, 그녀에게 지금 중요한 것은 도착하고 싶은 그곳이 아니라 벗어나고 싶은 이곳이었다.

"P국의 도발 양상이나 빈도로 보아 다시 전쟁이 일어나지 않는다고 장담할 수 없는 상황입니다."

빰이 조금 움푹해서 우울한 인상을 주는 한 장교가 말했다.

"향후 10년 안에 어떤 사태에 대응해서든 압도적인 보복을 행사할 수 있는 완전하고 자립적인 무력을 보여주지 않는다면 우리 세대에 다시 전쟁이 일어날 수도 있습니다."

아버지가 물었다.

“하지만 P국은 내전 중이야. 정부군과 시민군 중 어느 쪽을 겨냥해야 하지?”

“국경을 넘어오는 쪽입니다. 우리의 것을 빼앗으려는 쪽을 적으로 간주해야 하고, 그들이 어떤 이름을 가졌는지는 중요하지 않습니다.”

“그건 지나치게 단순한 생각이지 않나?”

“그 단순함을 보여주는 것이 효과적인 위협이라고 생각합니다. 생각하지 않고 다만 반응하겠다, 이 단순한 태도로 확실하고 파괴적인 결과를 공공연하게 선포하는 것만으로도 많은 분쟁을 억제할 수 있습니다.”

그때 다른 장교가 끼어들었다.

“하지만 대위님이 말씀하신 대안은 분쟁의 해소를 위한 게 아니라, 그들이 가지고 있는 문제에서 관심을 끄겠다는 태도에 대한 변명에 다름없다고 생각합니다.”

“중위.”

앞서 주장하던 대위가 그를 불렀다. 그리고 반박했다.

“우리는 전략적으로 타국의 상태를 파악하고

사회를 진단할 필요가 있지만, 그렇다고 타국의 상황을 이해해야 할 의무는 없어."

"그런 의무의 유무가 중요하지는 않은 것 같습니다. 중요한 것은 우리가 한 선택이 말해주는 우리의 상태입니다. 그들의 문제를 외면하는 우리에게는 어떤 문제가 있는지, 우리가 무엇이 되어가고 있는지 들여다봐야 합니다."

"그게 과연 군인이 해야 할 일일까?"

"군인이 아니라 사람이 해야 할 일이라고 생각합니다."

중위는 아무런 표정 없이 짧게 생각에 잠겼다. 잠시 뒤 그가 말했다.

"저는 군인이 되어야겠다고 결심한 계기가 있습니다. 그 계기를 아직 잊지 않았기 때문에 저에게는 그 일이 군인이 해야 할 일이기도 합니다."

"자네는 왜 군인이 되어야겠다고 생각했나?"

아버지가 흥미로워하며 물었다.

"할머니 때문입니다."

중위는 간단하게 대답했고 더 설명할 생각이 없어 보였다. 그때 마침 어머니가 유리 포트에 뜨겁게 끓인 커피를 더 가지고 나왔고 그것을 나선이 받아 들었다. 나선은 창가 쪽에 앉은 장교의 컵부터 차례로 더 채워주었다. 순서가 한 바퀴를 돌아 그녀가 중위의 바로 앞까지 다가갔을 때 그가 다시 입을 열었다.

"제 할머니는 70여 년 전 P국의 지엽적인 파괴전에서 대부분의 기반이 무너지고 전소된 북해 도시의 생존자셨습니다. 그 파괴는 전쟁이 걷잡을 수 없는 규모로 커지는 것을 막기 위한 과시적이고 또 효과적인 위협이었다고 종전 이후 P국의 군 최고통수권자가 직접 평가했습니다. 그것을 교수님께서 군사사학 시간에 가르쳐주셨습니다."

"맞아, 그랬지."

아버지가 손으로 턱을 쓰다듬으며 고개를 끄덕였다.

나선은 탁자에 놓인 중위의 파란 머그컵에 커피를 더 채워주었다. 그녀는 자신이 방에서 책을 읽으며 마테차나 홍차를 마실 때 자주 편하게 사용하는 그 컵을 알아봤다. 하지만 그는 깍지 낀 두 손을 무릎 위에 가볍게 얹어둔 채 그녀를 한 번 올려다보지 않았다. 다른 장교들이 그러하듯 시선은 대화의 중심 쪽에 두지만 습관처럼 그녀가 커피를 따르는 동안 컵의 손잡이를 잡아주려고 손을 뻗는 시늉도 하지 않았다. 나선은 거실을 한 바퀴 돌고 원래 그녀가 있던 자리로 돌아와 아직 커피가 조금 남고 여전히 따뜻한 온기가 도는 유리 포트를 어머니에게 건네주며 자신이 중위의 행동에 신경을 쓰고 있다는 것을 깨달았다. 커피포트를 들기 위해 잠시 창가 콘솔 위에 놓아두었던 짙은 녹색과 검은색이 섞인 정모가 눈에 들어왔다. 불현듯 아마도 이 모자가 저 중위의 것이리라는 생각이 들었다.

"당시 할머니는 열다섯 살이었는데, 공습이 있던 늦은 밤 잠을 자다가 언니들이 어깨를 흔들어 잠을 깨우는 바람에 그 지옥이 시작됐다고 표현하시더군요. 그 전에 무슨 꿈을 꾸고 있었지만 다른 무수한 꿈들처럼 일단 거기서 벗어나고 나니 아무것도 떠올릴 수 없었고, 그저 잠에서 깨어나며 자신이 '더 놀고 싶어, 더 놀고 싶어' 하고 중얼거렸다는 사실만 여전히 기억하고 계셨습니다."

하고 중위가 이야기를 시작했다.

오경

정신을 차려보니 세상은 어제와 완전히 딴판이었다. 오경은 창문 밖으로 희뿌연 연기가 여러 개의 소용돌이처럼 솟아오르는 하늘을, 울긋불긋하고 아름다운 보랏빛이 감도는 난생처음 보는 빛깔의 밤을 실제보다 느리게 움직이는 순간처럼 바라봤다. 그러다 무언가 이상하다고 생각했다. 항상 침대에서 창밖을 내다보면 보이는 공원의 높고 뾰족한 종탑이 보이지 않았다. 닳고 닳아 하나의 벽이 된 벽돌들. 햇살에 닿으면 따뜻하게 데워지던 노란 장벽. 그렇게 거대하고 오래된 건축물이 사라진 풍경을 이 도시에서 나고 자란 오경은 한 번도 본 적이 없었다.

"솜이 들어간 외투를 여러 개 입어. 겹겹이 걸치고 모자를 써."

큰언니가 다가와 여전히 멍하니 침대에 앉아 있는 오경의 팔을 붙들며 말했다. 어쩌면 소리쳤을지도 모르는데 오경은 귀가 먹먹해서, 아니면 바깥에서 들려오는 놀라울 정도로 쾅쾅 울리는 포성 때문에 잘 듣지 못했다.

큰언니의 지휘 아래 둘째 언니와 셋째 언니가 짧은 손잡이가 달린 가죽 가방 안에 꼭 버릴 수 없는 중요한 물건들을 닥치는 대로 쓸어 담았다. 모두 하얀 잠옷 위에 두꺼운 겨울옷들을 껴입고 있어서 움직임 둔한 동물 인형들 같았다. 언니들이 서로의 옷을 구별하지 않고 마구 입은 것을 알아채고 그제야 오경은 놀라서 비명을 지를 뻔했다. 평소라면 집 안이 떠들썩해질 정도로 고성이 오가며 전쟁이 날 만한 일이었다. 아직 계절은 초가을이었지만 언니들은 총이나 칼, 불과 폭발 등의 위험으로부터 몸을 보호해야 한다는 생각에 마구 껴입은 것이다. 이런 두꺼운 옷들이 그런 것을 정말 막아줄 수 있을 거라고 생각했다.

"엄마는? 아빠는?"

"신발 신어. 곧장 아래로 내려갈 거야."

"신발이 어딨지?"

화재와 폭발로 바깥이 해가 떠오르는 새벽녘처럼 밝아 미처 깨닫지 못했지만 정전이었다. 어둠 속에서 찾아보니 신발장이 있던 자리의 천장이 무너져 돌과 먼지 아래 현관 입구가 파묻혀 있었다. 간신히 한 사람 정도가 지나갈 수 있는 공간이 남아 있었지만 몇 분 뒤에도 그 공간이 무사히 남아 있으리라고 장담할 수 없었다.

"서둘러. 다 무너질지도 몰라."

집의 바로 위층이 폭격으로 이미 날아간 상태였다. 그 집에는 귀가 잘 들리지 않는 노부부가 앞이 보이지 않는 노견과 살고 있었다. 전등이 다 떨어지고 가구들도 부서졌다. 오경은 돌 더미와 잔해들 속에서 놀랍게도 무언가를 발견했다. 오경이 태어나기도 전에 아버지가 큰언니를 위해 직접 질 좋은 장미목을 고르고 망치와 사포를 쓰며 정성껏 만든 키 작은 책상이 산산조각 난 채 흩어져 있었다. 큰언니가 둘째 언니에게, 둘째 언니가 셋째 언니에게 물려주었고 결국 마지막에 오경의 차지가 되었다가 이제 그녀에게마저 작아져 바질 화분이나 민트 화분을 올려두고 기르던 단단하고 잘 만든 책상이었다.

"나가야 해."

어느새 모든 채비를 마친 언니들이, 그러나 아직 무엇 하나도 준비되지 않은 겁에 질린 언니들이 서로의 얼굴을 마주 보고 있었다. 창밖에서 흘러들어 온 정체를 알 수 없는 붉은 불빛이 그 얼굴들 위에서 기괴한 무늬를 그리며 출렁였다. 오경은 갑자기 이것이 마지막으로 보는 언니들의 얼굴이 아닐까 하는 불안이 일었다.

언니들이 오경을 앞뒤로 둘러쌌다. 오경보다 키가 작은 둘째 언니가 오경의 손을 절대 놓지 않겠다는 듯이 손깍지를 꼈다. 현관을 나서자 온통 암흑과 먼지구름 속이었고 오경은 이런 계단을 다섯 층이나 내려가야 한다는 것이 끔찍하게 느껴졌다. 분명히 사고가 날 것 같은, 집 안에 머무는 것보다 더 위험한 일이 일어날 것 같은 예감이 들었다.

"언니, 가지 말자. 여기 그냥 있자."

하지만 언니들 중 누구도 오경의 목소리를 듣지 못했다. 그저 앞으로, 아래로 달리기 시작했다. 처음에는 아무도 말이 없고 거친 숨소리만 들리다가 어느 순간 누군가 비명을 지른 것을 시작으로 모두가 혼이 나간 것처럼 무슨 일이 일어난 것인지 알 수 없게 되었다.

오경과 언니들은 층계를 계속 뛰어 내려갔고 어둠 속에서 누군가 나타났다는 것을 알았지만, 그가 그들을 도와줄 수 있는 사람인지, 아니면 해칠 사람인지 모른 채로 계속 달렸다. 저층으로 갈수록 발에 걸리는 것들이 생겼고 그 때문에 한순간 균형을 잃고 비틀거렸지만 가까스로 다시 중심을 잡고 달렸다. 나중에는 그것들을 발로 밟으며 달렸다. 사람의 몸이 아니라면 그런 부피와 그런 감촉일 수 없는 것들이 발아래 어둠 속에 널려 있었다. 수십 층을 내려온 것 같은데도 늘 익숙하게 드나들던 문이 나타나지 않았다.

제일 먼저 사라진 것은 큰언니였다. 계단을 다 내려와 거리로 나왔을 때 가장 앞에서 달리고 있다고 믿었던 큰언니는 없었다. 그 사실을 깨닫자마자 둘째 언니가 총에 맞았다. 오경은 총에 맞은 사람을 한 번도 본 적이 없었지만 둘째 언니가 그 상태가 되었다는 것을 바로 알 수 있었다. 오경은 둘째 언니가 죽은 것보다 그 순간 자신이 언니의 깍지 낀 손을 전기에 감전된 사람처럼 거세게 뿌리친 것에 더 놀랐다. 너무나 놀란 나머지 몸이 그대로 굳어버렸다. 도대체 지금 무슨 일이 벌어지고 있는 것인지 알 수 없었다. 셋째 언니가 의미를 알 수 없는 괴성을 지르며 오경을 끌고 거리를 달리기 시작했다. 총을 쏜 사람은 끝끝내 모습이 보이지 않았다. 어느 순간에 가서는 셋째 언니도 없이 오경 혼자 거리를 달리고 있었다. 오경이 너무나 잘 알아서 백지 위에 그림으로도 그릴 수 있는 학교와 병원, 극장, 도서관, 음식과 커피와 술을 팔던 가게들이 모두 사라진 거리였다. 무너진 채 불타고 있는 저 잔해들 속에 집집마다 예쁜 꽃 화분을 발코니에 내놓고 흠뻑 물을 주던 아름다운 집들이, 그 행복한 사람들이 다 파묻혀버렸다는 것을 오경은 믿을 수 없었다. 믿을 수 없었지만 계속 달렸다. 한참을 그렇게 혼자 달리고 있으니 그제야 귓가에 셋째 언니가 마지막으로 소리치던 목소리가 맴돌았다.

"뒤돌아보지 마! 뒤돌아보지 마!"

정말 뒤돌아보지 않았던 것일까. 오경은 생각했다. 어째서 뒤돌아보지 않았던 것일까. 오경은 생각했다. 어떻게 그럴 수 있었을까. 오경은 생각했다. 나는 무엇을 보지 않은 것일까. 오경은 생각했다. 그런 생각을 하면서도 두 다리는 멈추지 않고 계속 앞으로 달렸다. 자신이 어디로 가고 있는지 전혀 몰랐지만 멈추면 모든 게 끝이라는 것은 직감적으로 알고 있었다.

그러다 순식간에 모퉁이 뒤에서 눈앞에 나타난 군인과 맞닥뜨렸다. 그때 오경은 그가 자신을 벌하러 온 신의 사자라고 거의 확신했다. 이제 언니들을 버리고 혼자 살아남은 죄를 물게 되리라고 완전히 믿어버렸다.

군인은 큰 키의 거구였고 그 역시 오경을 마주치기 전부터 달리고 있었다. 오경은 그와 정확히 눈이 마주쳤지만 얼굴을 금세 잊어버렸다. 눈 코

입의 생김새도 표정도 기억나지 않아서 오경은 그가 무슨 생각을 하는지 조금도 짐작할 수 없었다. 명백한 의미를 가진 것은 오직 그의 손에 들린 끝으로 갈수록 얇아지는 긴 소총이었고 서서히 오경을 향해 올라오는 총구였다. 오경은 멈추지 않고 계속 달렸고 군인도 방향을 틀어 뒤를 쫓기 시작했다. 자연스럽게 한 사람은 쫓고 다른 한 사람은 쫓기는 상태가 되었다. 마치 이 술래잡기가 그들이 만나기 오래전부터 이미 시작됐던 것처럼.

군인은 오경을 향해 총을 쏘거나 소리를 지르지 않고 딱딱한 군화로 바닥을 차는 일정한 간격의 소리만을 내며 신중하게 쫓아왔다. 오경은 자신이 정신을 잃을 것 같은 공포에 휩싸였지만 서서히 정신이 전에 없이 아주 맑고 또렷하다는 것을 깨달았다. 심지어 전쟁이 일어나기 전 일상 속에서도 느껴본 적 없는 평정의 상태를 알게 되었다. 그가 나타나자 마음속에서 들끓던 모든 혼란이 일시에 사라졌다. 오경은 도망치고 그는 쫓아온다. 이 단순한 주문만이 남아서 그와 자신을 움직이고 있다고 오경은 생각했다. 오경의 몸은 금방이라도 심장이 터져버릴 것처럼 전력질주하고 있었지만 마음은 총성도 육성도 오가지 않는 거리와 같이 텅 빈 고요 속에 가라앉고 있었다.

모든 감각들이 예민하게 살아났다. 어떤 것은 직감의 형태로 나타났는데 오경은 그 느낌이 이끄는 대로 방향을 꺾어 천변으로 향했다. 아무런 의심이 들지 않는 계시가 오경의 몸을 휘감았다. 그 낯설고도 익숙한 목소리가 일러주는 대로, 실제로 귓가에는 아무 소리도 들리지 않았지만, 더 낮은 쪽으로, 물에 잠기는 더 낮은 지대로 내려갔다. 그리고 그곳의 지형이 눈에 익다는 것을 눈치챘다.

오경은 마침내 어린 시절 잠자리를 잡으러 갔던 물웅덩이를 떠올렸다. 온통 허리까지 높게 자란 들풀과 풀벌레들로 가득했던 곳, 오경의 손가락 사이에는 날개가 반쯤 찢어진 잠자리 한 마리가 잡혀 있었다. 그것을 잡고 주변을 돌아보자 함께 놀던 친구들이 모두 사라지고 없었다. 갑자기 생겨난 것처럼 눈앞에 나타난 것은 거대한 원형 수로였다. 수로의 깊고 어두운 속으로부터 풍겨오는 옅은 악취는 부드럽게 날아와 얼굴을 때렸다.

물과 바람이 내는 기묘한 소리가 간헐적으로, 그러나 가느다랗게 이어진 하나의 소리로 들려왔다. 오경은 어째서인지 그 자리에서 꼼짝도 하지 못했다. 손가락 하나도 움직일 수 없었다. 그것은 공포이며 동시에 잠과 같은 평온한 무력감이었다. 오경은 잡은 잠자리가 완전히 죽은 뒤에야 자신을 사로잡은 구멍으로부터 벗어날 수 있었다. 오경은 더 이상 두려움을 느끼지 않았지만 그때 이미 자신이 죽었으며 그것이 죽음의 형태라는 것을 깨달았다.

지금 그 수로가 다시 눈앞에 나타났다. 오경의 등 뒤에서는 그가 가진 생각이나 감정, 특별한 기억과 비밀과 소원을 전혀 알 수 없는 정체불명의 한 남자가 그녀를 여전히 쫓아오고 있었다. 오경은 망설이지 않고 처음부터 수로를 향해 달려온 것처럼 그 축축하고 어두운 구멍 속으로 곧장 들어갔다.

신발은 얕게 흐르는 물을 차며 흠뻑 젖었고 다리는 금세 무거워졌다. 아마도 수로는 바다로 이어져 있을 테고 이대로 군인으로부터 끝없이 도망친다면 북해에 도착할 거라고 오경은 생각했다. 하지만 군인의 발소리는 점점 더 가까워지고 있었다. 아마도 오경을 곧 붙잡을 수 있을 것 같았다. 그의 숨소리와 체온이 피부에 닿았다는 착각이 들 만큼 군인과 오경의 거리는 좁혀져 있었다. 오경은 지쳐 흔들리는 다리로 뛰고 또 뛰며 생각했다. 불과 몇 시간 전에 오경은 침대에 있었다. 누우면 부드러운 지반 아래로 꺼질 듯 푹 잠기는 편안한 침대에서 잠들어 있었고 긴 꿈속을 해매고 있었다. 꿈 밖에서는 부모님과 언니들이 오경을 기다리고 있었지만 이제는 모두 사라지고 없었다.

믿기지 않아. 하지만 모두 진짜 일어난 일이야.

오경이 그렇게 생각하는 순간 군인의 손아귀가 붕 하는 바람 소리를 남기며 오른쪽 귀 옆을 스쳤다. 다음 순간 그의 손이 다시 한 번 오경을 향해 뻗어 왔다. 이번에는 분명히 잡히고야 말 거리였다. 그때 갑자기 오경은 뒤돌아 그의 얼굴을 보았다. 꼭 그래야 할 것 같은 기분이 들었기 때문이다. 그에게 쫓기기 시작한 이후로 오경이 뒤를 돌아본 것은 처음이었다. 오경은 그를 똑바로 마주 보고 이번에야말로 그 얼굴을 똑똑히 기억해둘 생각이었다. 자신을 살해할 사람의 얼굴을 잊지 않을 생각이었다.

하지만 바로 그때, 폭격이 만들어낸 게 분명한 엄청난 굉음이 울리고 이내 심장까지 전해지는 강렬한 충격파가 수로를 강타했다. 그리고 수로가 무너져 내리기 시작했다.

오경과 군인은 각자의 직감대로 움직였다. 자신이 살 수 있을 것 같은 자리로 의식이 따라오기도 전에 몸이 먼저 반응했다. 둘의 거리는 한층 멀어졌고 거의 데칼코마니처럼 반대로 움직였다. 오경은 머리 위에서 쏟아지는 부서진 콘크리트 조각과 큰 돌과 흙무더기를 대여섯 번쯤 피한 뒤, 조금 떨어진 곳에서 역시 그 모든 걸 피하기 위해 몸을 웅크리고 구르는 군인의 모습을 마지막으로 눈에 담았다. 새하얗게 아득해지는 정신을 잠시 붙들었다가 미지근한 물에 풀어버리듯 천천히 놓아주었다.

오경은 다시 눈을 떴지만 얼마나 시간이 흐른 것인지 알 길이 없었다. 정신을 차리고 제일 먼저

한 일은 입안에 머금은 흙을 토해내는 것이었다. 귀와 코에 들어찬 흙도 털어냈다. 눈을 깜빡이며 어둠에 적응하기 위해 노력해보았지만 코앞의 손가락도 보이지 않는 완전한 암흑 속에 자신이 놓여 있다는 것을 깨달을 뿐이었다.

오경은 우선 침착하게 팔과 다리를 움직여보며 다친 곳이 없는지 확인했다. 머리 곳곳을 꼼꼼하게 더듬어 피를 흘리는 곳이 있는지도 살폈다. 다행히 자잘한 타박상이 느껴질 뿐 치명상은 없는 듯했다. 정신을 잃기 전 몸을 이리저리 굴리며 부딪혔기 때문에 등과 목이 끔찍하게 아팠지만 뼈가 부러진 것 같지는 않았다.

몸을 어느 정도 점검한 뒤 오경은 손을 뻗어 조심스럽게 주변 공간의 넓이와 구조물의 상태를 가늠해보았다. 무너진 수로에서 안전하게 머물 수 있는 공간이 영원히 튼튼하게 균형을 유지하리라는 믿음은 없었기 때문에 뻗은 손이 마침내 막힌 돌 표면에 닿을 때까지 두려움과 긴장으로 진땀을 뺐다. 세로 1.7미터, 가로 1.2미터 정도의 공간이, 어림잡은 윤곽이 어둠 속에서 그려졌다. 다행히 머리 위와 몸의 왼쪽 공간은 크고 단단한 바위가 지탱하고 있어서 무게중심이 어긋난 돌들이 쏟아져 내리는 일은 없을 것 같았다.

하지만 다시 말하면 그렇게 크고 단단한 바위가 오경의 머리나 왼쪽 몸 위에 그대로 떨어질 수도 있는 아찔한 상황이라는 뜻이기도 했다. 이 놀라운 확률의 행운을 오경은 어떻게 받아들여야 할지 혼란스러웠다. 순식간에 돌아갈 집과 가족들을 모두 잃고 이제 자신도 언제 죽어버릴지 모르는 최악의 상황에서도 그것이 명백한 행운이라는 점이 오경을 놀라게 했다.

물이 흐르던 수로 바닥의 흙은 부드럽게 젖어 있었다. 어디선가 아직 물길이 흐르는 희미한 물소리가 났다. 손으로 더듬어 확인해본 결과, 물이 고인 웅덩이가 적어도 두 개 있었다. 물이 있다면 구조를 기다리며 생존할 수 있는 시간이 꽤 길어질 것이라고 오경은 생각했다. 그리고 어제의 세계를 생각했다. 불과 하루 전까지 오경은 생존에 대해 진지하게 고민해본 적이 없었다. 자신이 생명이 깃들어 움직이는 놀라운 육체라는 사실도 생각해보지 않았다. 하지만 이제 오경이 알고 있던 모든 것이 사라졌다. 어둠 속에 남은 것은 오직 살아 있는 오경과 그 앞에 놓인 자신의 죽음뿐이었다. 오경에게 이것은 일종의 대결처럼 느껴졌다. 오직 이 생과 사의 대결만을 남겨두고 있었다.

그때 군인이 기침을 했다. 마른기침이 두어 번 더 이어졌고 이내 멈췄다. 하지만 오경을 공포로 몰아넣기에는 충분했다. 오경은 얼어붙어 숨도 내쉬지 못했다. 벌어진 입에서 소리가 새어 나갈까 봐 두 손으로 급히 막아야 했다. 군인에게서는 더 이상 아무런 기척이 느껴지지 않았다. 조금 전에 사방이 막힌 벽을 확인했으니 군인은 오경과 분리된 다른 공간에서, 오경과 비슷하거나 어쩌면 상황이 조금 더 나은 공간에서 생존한 것이었다. 오경은 그의 거대하고 위협적인 체구와 한 번도 발사되지 않았지만 한순간 모든 것을 끝내버릴 수 있는 긴 소총을 떠올렸다. 자신을 죽이기 위해 쫓아오던 죽음이 실체를 가지고 멀지 않은 어둠 너머에 도사리고 있었다.

그는 오경보다 먼저 깨어났거나 정신을 잃지 않

은 게 분명했다. 오경은 자신이 구역질을 하며 요란하게 입안에 든 흙을 뱉어낼 때, 물을 찾아 더듬더듬 손을 놀릴 때 그가 그 모든 것을 가만히 듣고 있었다고 생각하니 소름이 끼쳤다. 자신이 깨어난 걸 알면서도 기침한 이후 아무 소리도 내지 않는 돌무더기 너머의 군인이 무슨 생각을 하고 있는지 오경은 도무지 알 수 없었다. 그가 완전한 정적 속에 몸을 웅크리고 있다는 것이 이상했다. 왜 가만히 있는지, 혹시 차가운 총구를 인기척이 나는 쪽으로 겨누고 신중하게 조준을 수정하며 내내 방아쇠를 당길 순간을 기다리고 있는 건 아닌지 궁금했다.

그러나 그는 오래도록 아무런 소리도 내지 않았고 오경도 덩달아 숨을 죽였다. 잠드는 것은 꿈도 꾸지 못했다.

그렇게 뜬눈으로 꽤나 긴 시간이 흘렀는데 날이 밤에서 낮으로 바뀌었다는 것을 알 수 있었다. 꽉 막혔다고 생각한 공간에 희뿌연 빛이 스며들었다. 충분하지는 않았지만 주변을 식별할 수 있었다. 육안으로 확인한 그곳이 어둠 속에서 어림짐작한 공간하고는 전혀 딴판이어서 오경은 허탈해졌다. 오경에게 허락된 공간은 오른쪽으로 갈수록 점점 좁아지는 반원형 모양이었고 예상보다 너비가 조금 더 넓었으며 높이는 턱없이 낮았다. 공간의 딱 한 부분에서만 허리를 펴고 앉을 수 있었고 나머지 위치에서는 영락없이 관 속처럼 드러누워야 했다. 누워서 보이는 것이라고는 30센티만 더 떨어지면 얼굴을 짓뭉개버릴 것 같은 무거운 바위와 바위를 감싸 쥐고 메말라가는 구불구불하게 얽힌 나무뿌리가 전부였다.

하지만 오경이 가장 놀란 것은 반원 모양 공간의 호 부분에 뻥 뚫려 있는 작은 구멍이었다. 그건 마치 볼록한 배 가운데 자리한 배꼽 같았다. 이 공간을 채우고 있는 모든 돌과 허공, 수로와 수로가 생기기 전에 자연이 품고 있던 원래 지형보다도 훨씬 앞서 존재한 유구한 구멍 같았다. 바닥과 면한 그 구멍은 주먹 두 개를 합친 정도의 크기로 거꾸로 선 삼각형 모양이었고 깊이는 어림잡아 오경의 팔보다 세 뼘쯤 깊었으며 돌무더기 너머 반대쪽까지 이어져 있었다.

오경은 구멍 너머의 공간이 혹시 군인이 있는 공간인지 궁금했다. 궁금증은 오래가지 않았다. 오경이 무너진 수로의 공간을 파악하듯 군인도 자신의 공간을 파악하기 시작했다. 간밤에 지겹도록 등 뒤에서 들려오던 그의 군홧발 소리가 이번에는 느리고 부드러운 걸음걸이로 들려왔다. 그 소리를 듣고 그가 서서 걸을 수 있는 넓은 공간을 차지했다는 것을 오경은 알게 되었다. 그는 점차 자신만만한 활보로 자신의 공간을 과시했다. 오경은 그가 과시하고 있다고 확신했다. 그가 거니는 동안 오경은 유심히 구멍 안을 들여다보았다. 그리고 작은 역삼각형 프레임 안으로 나타난 걸음을 옮기는 군인의 흙 묻은 군화를 볼 수 있었다.

오경은 너무 놀라 구멍을 통해 볼 수 없는 각도의 벽으로 몸을 피했다. 갑자기 군인이 바닥에 고개를 박고 이쪽을 노려보거나, 구멍에 긴 총구를 들이밀고 자신의 발이나 얼굴이 나타나길 기다리는 모습을 상상하고 또 상상했다.

하지만 하루가 더 지나자 기운이 없어 아무 생각도 할 수 없었다. 사흘 동안 먹은 것이라고는 물웅덩이에서 흙이 가라앉기를 기다린 뒤 조심스럽게 손으로 길어 올려 먹은 물뿐이었다. 군인 쪽에도 충분한 물이 있는지 이따금 그가 물을 꿀꺽꿀꺽 삼키는 소리가 선명하게 들렸다. 아마도 그는 전투복 안에 구비해둔 쓸 만한 물건이 많은 듯했다. 수통의 뚜껑을 열고 물을 담는 소리나 딱딱한 하드커버가 있는 수첩 종이에 펜으로 무언가를 쓰는 소리가 이따금 들렸다. 얇은 기름지를 벗겨내는 소리나 금속 물건을 다루는 소리가 들릴 때도 있었다. 때로는 무엇으로, 무얼 하는지 짐작할 수 없는 복잡한 소리를 수수께끼처럼 던지기도 했다. 그리고 아주 가끔, 오독오독 입안에서 부서지는 무언가를 신중하게 씹어 먹는 소리가 들렸다. 그에게는 식량이 있었다. 양이 얼마나 되는지 모르지만 그것으로 그는 오경보다 분명히 더 많은 시간을 버틸 수 있을 것이었다.

오경은 계속 배가 고팠지만 이상하게도 그가 무얼 먹는 소리를 듣고 있을 때면 배고픔이 싹 가셨다. 아마도 입안에 음식을 한 번에 넣고 입술을 꽉 다문 뒤 천천히 턱을 움직여 씹는 것이 분명한 그

행위는 그저 음식을 먹는다기보다 어딘가 처절한 느낌이 있었다.

오경이 그가 움직이는 소리에만 집중하고 있었던 것은 아니었다. 두 번의 밤과 두 번의 낮이 지나가자 오경은 더 이상 군인이 언제 공격적인 행동을 할지 몰라 전전긍긍하지 않게 되었다. 그는 피차 고립된 상황에서 공격을 감행할 의사가 없어 보였고 거의 오경을 이곳에 존재하지 않는 유령인 것처럼 무시하고 있었다. 오경은 그 사실에 안도하며 전보다 자유롭게 움직이기 시작했다.

우선 빛이 조금이라도 있을 때 언니들이 겹겹이 입혀주었던 옷들을 하나씩 벗어 크고 판판한 돌 위에 널었다. 낡은 면 티와 소매가 커다란 셔츠, 스웨터, 또 스웨터, 누빔 조끼, 아가일 무늬 카디건, 가죽을 덧댄 양모 외투…… 물기가 바싹 마르면 그것들을 차례로 다시 입어 체온을 높였다. 볕이 거의 들지 않고 축축한 지하수로의 체감기온은 꽤나 냉랭했다. 물기까지 머금고 그대로 잠을 자다가는 갑자기 위험해질 수 있다고 오경은 생각했다. 또 오경은 다리를 뻗고 누울 수 있는 유일한 자리에 물이 스미지 않도록 주변에 있는 몇 개의 적당한 돌과 나뭇가지로 바닥과 간격을 두고 누울 수 있는 붕 뜬 공간을 만들었다. 거기 누워서 코로 깊게 숨을 들이마시면 진한 흙냄새와 물 냄새가 났다. 마치 흙과 물속에 들어온 것 같은 밀도 높은 냄새였고 무언가 흙과 물속에 살아 있다는 것을 분명하게 느낄 수 있는 냄새였다. 오경은 이전에 그런 냄새를 맡아본 적이 없었다. 그 냄새에 익숙해지자 이번에는 콘크리트 너머에서 풍겨오는 열은 녹 냄새를 맡을 수 있었다. 저 너머 어딘가에 붉게 녹슬고 있는 쇠가 있었다.

유일하게 앉을 수 있는 자리는 반원형 공간의 한쪽 끝이었다. 오경은 대부분의 시간을 자신이 만든 나뭇가지 침대 위에 누워서 보내다가 몸이 굳어가는 것이 느껴지면 드러누운 채로 천천히 발 아래로 기어 내려가 충분한 높이가 확보된 곳에서 몸을 일으켰다. 비교적 층고가 높은 곳이긴 해도 등을 굽히고 잠시 설 수 있을 뿐 고개를 쳐들 수는 없었다. 그곳에 얼굴을 두고 눕는 것도 가능했지만 오경은 그러지 않았다. 그 위치에 누우면 역삼각형 구멍 너머에서 그녀의 얼굴을 볼 수도 있었다. 그래서 오경은 항상 커다란 바위가 코 바로 앞에 멈춰 있는, 내쉰 숨결이 닿았다가 다시 축축하게 돌아오는 높이가 낮은 반대쪽에 머리를 대고 누웠다.

해가 들었을 때 층고가 높은 구석에 등을 대고 앉으면 비좁고 기괴한 모양이며 언제 무너져 내릴지 모르는 위태로운 공간이 한눈에 들어왔다. 그러면 오경은 자신이 갇힌 감옥의 실체를 제대로 실감할 수 있었다. 나는 여기서 죽을 거야. 오경은 생각했다. 여러 날 이어지는 끝없는 고요 속에서 계속 주의를 기울였지만 사람 소리는 한 번도 들리지 않았다. 동물의 기척도, 자동차나 비행기가 지나가는 소리도, 하물며 그토록 빈번했던 폭격 소리도 들리지 않았다. 전투가 일어나는 지역과도 멀리 떨어진 것이 분명했다. 오경은 자신이 들어온 수로가 반대쪽 출구에 닿을 때까지 어떤 땅을 지나는지 알고 있었다. P국과의 산발적인 전쟁이 시작된 이후로 출입이 완전히 폐쇄된 텅 빈 들판이었다. 거기서 비쩍 마른 고라니와 두더지, 족제

비, 실뱀과 날개가 커다란 철새들을 봤다고 허풍을 떠는 아이들이 있었지만 그 애들이 정말 그곳에 갔다고 믿는 이는 아무도 없었다.

이 수로 위에는 아무것도 없었다. 살아 있는 사람도, 치열한 전쟁도, 죽음마저도 없었다. 죽어가는 건 오경과 저 구멍 너머의 군인뿐이었다. 오경은 무너진 수로에 앉아 있을 때면 별다른 이유 없이 시선을 역삼각형 구멍에 두었다. 구멍 속의 그림자가 넓어지다가 서서히 쪼그라드는 것으로 시간의 흐름을 가늠했고 그 음영이 짙어지다가 마침내 다른 모든 것과 분간할 수 없는 하나의 밤이 되는 모습을 지켜봤다. 그러나 구멍을 보고 있는 것은 아니었다. 단지 그쪽을 향했다는 표현이 더 정확했다. 무너진 수로에서 바라볼 수 있는 것은 아무것도 없었고 오경 안의 영혼이 어딘가로 기울거나 아직 거기 있다는 듯 살짝 흔들릴 뿐이었다.

그러다 오경은 까무룩 잠이 들었는데 얼마 뒤 좀처럼 익숙해지지 않는 완전한 암흑 속에서 사람 목소리가 들렸다. 목소리는 간결하게 말하다가 끊겼고 이내 다시 반복해서 들려왔다. 그것이 무슨 의미의 말인지 파악하기도 전에 그게 진짜 사람의 목소리라는 사실에 오경은 퍼뜩 몸을 일으켰다. 높이가 낮은 곳이었기에 단단하게 튀어나온 돌에 이마를 긁혔지만 아픔도 느끼지 못했다.

"여기 있어요, 여기 사람 있어요."

오경은 목을 긁으며 흘러나오는 자신의 거친 목소리를 낯설게 들었다. 닷새간 입을 연 적이 한 번도 없었다는 사실을 불현듯 떠올렸다. 닷새…… 똑똑히 새고 있었지만 정말 닷새가 흐른 것인지 이제 확신할 수 없었다. 다만 그 순간 오경의 온정신을 사로잡은 것은 지금 저 사람을 절대로 놓치면 안 된다는 생각뿐이었다. 그렇지 않으면 모든 것이 끝이라는 생각이었다. 오경은 이미 끝인 줄 알았지만 또 다른 자신은 끝이 아니라고 믿고 있었다. 어느새 눈에는 눈물이 차올랐다. 언니들과 집을 나선 이후로 처음 터져 나온 울음이었다. 오경은 침을 삼키고 기침을 하고 목을 가다듬었다.

"도와주세요, 여기서 꺼내주세요."

음성은 여전히 의도한 것보다 작게, 입안에서만 웅얼거리며 터져 나왔다. 그래도 오경은 상대가 자신의 목소리를 분명히 들었으리라고 확신했다.

"들려요? 내 말 들었어요?"

하지만 다시 들려오는 목소리가 없자 초조해졌다. 어디선가 오경을 불렀던 상대는 갑자기 사라져버린 것처럼 한참 동안 아무 말이 없었다.

오경은 서서히 자신이 환청을 들었거나 꿈을 꾸었다고 판단했다. 분명히 들었다고 믿은 목소리는 잠이나 내면의 깊은 웅덩이에서 미처 빠져나오기 전에 들은 자신의 염원이라고, 착각이라고 자책했다. 그러자 거짓말처럼 마음이 순식간에 무너져 내렸다. 수로에 갇힌 이후로 애써 외면해온 절망과 외로움이 주체할 수 없는 눈물로 터져 나왔다. 지금 이 상태로 울면 탈수가 올지도 모르고 그러면 정말 위험해진다는 생각이 들었지만 눈물을 멈출 수 없었다.

"지금 우는 거야?"

그때 다시 목소리가 들려왔다. 멀지 않은 곳에서 들려온 선명한 목소리였다. 목소리가 금방이라도 손에 잡힐 것처럼 가까워서 오경은 미칠 것 같았다.

"안 갔어요? 고마워요. 고마워요. 가지 말아요, 제발 가지 말아요."

"울면 안 돼. 눈을 감고 호흡을 깊게 해."

목소리는 꽤 어린 남자 같았다. 오경은 남자가 사라질까봐 그가 볼 수 없다는 것을 알면서도 시키는 대로 눈을 감으며 고개를 끄덕였다.

"알겠어요. 알겠어요. 혼자예요? 사람들에게 알려줘요. 여기 사람이 있다고, 어서 좀 이 돌들을 치워달라고 말해줘요."

하지만 목소리는 오경의 말을 무시하고 물었다.

"거기 먹을 게 있어?"

"없어요, 계속 굶었어요."

오경이 바로 대답했다.

"일단 자. 날이 밝으면 먹을 걸 줄게."

오경은 번뜩 감은 눈을 떴다. 눈을 떠도 새카만 어둠뿐이었지만 오경은 어둠 속에서 정확히 구멍이 있는 곳을 바라봤다.

구멍 너머에서 군인이 말했다.

"약속할게. 내일 앞이 보이면 먹을 걸 줄게."

그러고는 더 이상 한 마디도 하지 않았다.

오경은 절대로 잠들 수 없을 거라고 생각했지만 놀랍게도 얼마 뒤 꿈도 없는 깊은 잠에 빠졌다.

그가 처음 생각해낸 방법은 총을 이용하는 것이었다. 오경은 그 총을 떠올릴 수 있었다. 어깨 위에 얹으면 뼈와 근육을 딱 알맞게 감싸는 둥근 유선형의 총신과 박쥐처럼 길쭉하게 매달린 각진 탄창, 길게 늘인 검은 말의 목처럼 점점 얇아지는 총구. 금방이라도 말의 비명이 터져 나올 것 같은 그 구멍. 구멍 속은 겨우 몇 뼘 깊이라고 믿을 수 없을 만큼 새카맸다. 총의 앞과 뒤에 쇠고리로 고정되어서 달릴 때마다 군인의 팔에 채찍 같은 소리를 내며 부딪치던 가죽 어깨끈도 떠올랐다. 오경은 자신이 그 모든 것을 기억하고 있다는 데 놀랐다. 두려움에 떨던 순간에 잠시 보았던 총의 생김새를 그토록 세세하게 관찰했다는 것이 신기할 지경이었다. 정작 군인의 얼굴이나 피부와 머리카락, 눈동자의 색깔은 조금도 기억나지 않았다.

눈을 감아도 선명한 그 총을 이용하자고 군인이 제안했을 때, 오경은 그 방법만은 절대로 안 된다고 생각했다. 차갑고 아무 눈빛도 읽히지 않는 그 뻥 뚫린 어둠이 다시 자신을 향한다고 생각하니 끔찍했다. 오경은 군인이 이쪽을 볼 수 없다는 것을 알면서도 고개를 세차게 저었다. 하지만 그가 동그랗고 작은 총구에 반쯤 초콜릿이 묻은 납작한 비스킷을 꽂아 구멍 안으로 불쑥 들이밀었을 때, 오경은 자기도 모르게 손을 뻗어 그것을 곧장 낚아챘다. 잠시 그대로 멈춰 있던 총구는 천천히 뒤로 물러나 사라졌다.

허리가 잘록한 모양의 엄지손가락만 한 비스킷이었다. 오경은 그것을 손바닥 위에 올려두고 내려다보았다. 똑같은 타원형의 머리와 타원형의 몸이 달린 목이 굵은 눈사람 같았다. 바닥이 둥글어 똑바로 설 수 없는 모래시계 같기도 했고, 작은 문으로 연결된 똑같은 두 개의 방, 혹은 렌즈를 사이에 두고 거꾸로 뒤집힌 하나의 방 같기도 했다. 아니면 숫자 8이나 무한대의 의미가 있는 것처럼 보이기도 했다. 그렇지만 그것은 그냥 아무런 의미도 없고, 거의 아무런 무게도 느껴지지 않는 작은 비스킷일 뿐이었다. 오경도 머리로는 그 사실을 알고 있었지만 비스킷을 손에 쥔 것만으로도 흥분을 가라앉힐 수 없었다. 오랜 시간 잠잠히 멈춰 있던 텅 빈 위에서 뜨겁고 아린 뒤틀림이 느껴졌다. 헤아려보니 아무것도 먹지 못한 지 엿새째였다.

오경은 초콜릿이 조금씩 녹기 시작한 비스킷을 허겁지겁 한입에 넣고 씹기 시작했다. 부스러기를 축축한 수로 바닥에 흘리고 싶지 않아 손으로 입을 틀어막았다. 군인이 저 너머에서 비스킷을 씹던 오독오독하는 귀에 익은 소리가 이제 오경의 입안에서부터 귀 내막의 얇은 피부로 전해졌다. 맛은 놀랍도록 달콤하고 감칠맛이 났다. 통밀로 만든 식감이 입안에서 꺼끌꺼끌하게 남는 것도 좋았다. 혀에 닿자마자 녹아서 침 속에 스며드는 초콜릿도 물론 최고였다. 입천장과 입술에는 고소한 버터 냄새, 향긋한 밀 껍질 냄새, 그리고 옅은 탄약 냄새가 감돌았다.

하지만 겨우 손가락만 한 작은 비스킷일 뿐이었다. 행복한 시간은 오래 지속되지 않았다. 불과 몇십 초, 길어도 몇 분이면 끝이었다. 오경은 맛과 냄새마저 사라지고 아무것도 남지 않은 텅 빈 입

안을 혀로 꼼꼼히 훑으며 입맛을 다셨다. 혀 아래에 단 침이 고이고 그것을 삼키고, 다시 침이 고이고 다시 그것을 삼켰다. 어느 순간 입안에는 더 이상 비스킷의 흔적이 조금도 남지 않았다. 그러자 아쉬움을 넘어 커다란 허탈감이 찾아왔다. 한순간 자신이 무언가를 빼앗겼고 그것을 가져간 사람이 있는 것 같았다. 가슴 한가운데서 스멀스멀 불같은 분노가 피어오르기 시작했다.

그때 군인이 말했다.

"내일도 줄게. 아침 해가 뜨면 하나씩."

그러자 놀랍게도, 정말 놀랍게도 오경의 기분이 바로 나아졌다. 더 이상 사라진 비스킷을 떠올리지 않고 내일 먹을 비스킷을 떠올리는 단순한 방식으로. 그런 식으로 자신의 기분이 손바닥 뒤집듯 바뀌었다는 사실에 오경 스스로도 어이가 없었지만 분명히 효과가 있었다.

오경이 의뭉스럽게 기울어져 있는 역삼각형 구멍을 멍하니 바라보고 있자 곧 군인도 비스킷을 먹는 소리가 들렸다. 그도 그것을 쪼개거나 베어 먹을 생각을 하지 않고 단숨에 입에 넣었다. 그리고 씹기 시작했다. 앞니와 어금니, 울퉁불퉁한 입천장, 움직이는 혀, 침, 숨, 다시 앞니와 어금니. 더 이상 씹을 것이 남지 않을 때까지 충분하게 씹었고 가만히 입안에 감도는 맛을 음미했다. 이제 오경도 그 맛을 알고 있었다. 그는 물웅덩이로 걸어가서 흙이 가라앉은 수면의 물을 손으로 떠서 마셨다. 한 번. 두 번. 세 번. 젖은 손을 털고 지저분한 바지에 닦는다. 뒤돌아선다. 구령에 따라 각을 맞춰 움직이는 호두까기 인형. 늠름하게 행진하지만 그저 조명이 켜진 작은 상자 속에서 같은 자리를 뱅글뱅글 돌며 춤을 추는 병정 인형. 오경은 생각했다. 그는 이내 어딘가에 등을 대고 앉았다. 아마도 조금은 움푹하게 들어가서 몸을 묻을 수 있고 그래서 아늑하게 느껴지는 자리에. 오경과 마찬가지로 이 낯설고 좁은 곳에서도 금세 찾아낸 자신만의 자리에. 아마도 마지막 순간, 홀로 죽어갈 '그 자리'에 그는 앉았다. 오경은 그가 고개를 돌리지 않고도 구멍을 바로 바라볼 수 있는 위치에 앉아 있다고 생각했다. 자신이 그러한 것과 마찬가지로. 그 모습을 눈으로 본 것처럼 그릴 수 있었다.

군인은 입을 다물고 더 이상 오경에게 말을 걸지 않았다. 눈을 감고 휴식을 취하고 있거나 잠든 걸지도 모른다고 오경은 생각했다. 짧게 몇 마디 들은 것이 전부지만 군인의 목소리는 생각보다 평범했다. 너무 평범하고 심지어는 친근해서 이전에 분명히 어디선가 들어본 것 같은 기분이 들었다. 말투도 오경이 상상한 것과는 전혀 달랐다. 조금 가볍고 가느다랗게 이어지며 자주 웃음기가 묻어나는 따뜻한 느낌이었다. 그런 느낌을 받을 때마다 오경은 순간적으로 주변이 하얀 물속에 잠기는 것 같은 현기증을 느꼈다. 그가 자신을 잡으려고 우악스럽게 뻗었던 손아귀가, 오른쪽 귓바퀴를 가까스로 스쳤던 뜨거운 체온이 떠올랐다.

"잠을 자둬."

잠든 줄 알았던 군인이 말했다. 무너진 수로의 미로 같은 돌과 바위 사이를 어지럽게 떠도는 목소리는 또렷하면서도 두세 사람이 동시에 말하는 것처럼 묘하게 어긋났다. 고인 물에 닿은 메아리처럼 잔잔하게 울렸다. 군인이 충고했다.

"비스킷보다 더 많은 에너지를 낭비하지 마."

그는 정말 매일 아침 오경에게 비스킷을 하나씩 건네주기 시작했다. 암흑 속에 잠겼던 수로에 아침 햇살이 차오르면 오경은 시계도 없이 눈을 뜨고 그대로 가만히 기다렸다. 군인은 오경이 깨어났는지 묻지 않고 즉각 기계처럼 움직였다. 신기하게도 그때가 정확히 들어맞았다. 신기하게 여겼지만 내심 오경은 그 이유를 알 것도 같았다. 이 시간은, 비스킷을 나누고 그것을 먹는 시간은 둘에게 하루를 여는 시간이자 하루 중 가장 중요한 시간이었다. 하루에 일어나는 사건의 전부이며 또다시 내일이 존재하는 유일한 이유였다.

그는 늘 군복 어딘가에서 부직포로 된 주머니를 열고 그 통을 꺼냈다. 아마도 가슴 앞쪽이나 허벅지 옆에 달린 큼직한 주머니 같았다. 크기는 한 손에 쥘 수 있을 만큼 작고 가벼우며 얇은 알루미늄 재질의 통일 거라고 오경은 상상했다. 그가 손에 조금 힘을 주고 비틀어 뚜껑을 열면 별도의 포장이 없는 납작한 비스킷들이 몸을 맞대고 꼿꼿이 서 있다. 빽빽하게 들어찬 팔각 성냥갑 속 성냥개비들처럼. 귀 기울여 들어보면 아직 비스킷들은 기울거나 바닥에 쓰러지지 않고 모두 서 있다. 아직 충분히 남아 있다. 군인은 통 안에서 조심스럽게 비스킷 하나를 꺼내는데 그때 살짝 언 눈을 긁어내는 소리가 난다. 오경도 군인도 그 소리에 조용히 희열을 느낀다. 잠시 기다리면 총구 크기에 딱 알맞는 작은 비스킷 하나가 불쑥 구멍 밖으로 튀어나온다. 비스킷은 오경의 머리를 부수고 뼈와 살을 짓누를 수 있었던 무시무시한 돌무더기를 비웃듯 너무나 쉽게 건너온다.

그러나 진짜 웃기는 일은 따로 있다. 오경은 총구에 꽂힌 비스킷이 구멍 밖으로 튀어나올 때, 오늘은 그가 이 기행을 그만두겠지 생각하며 단념했다가도 어김없이 아침마다 건너오는 그 기괴한 모양의 선의를 볼 때, 어쩔 수 없이 구멍 너머 군인의 마음을 상상했다. 덫일까. 동정일까. 절망 속에 미쳐버린 걸까. 아니면 자신이 통제하는 상황을 즐기며 상대의 반응을 보는 변태일까. 이토록 사치스럽게? 그도 아니면 외로움일까. 온갖 상상을 했지만 진짜 그가 무슨 생각을 하고 있는지, 그는 과연 어떤 사람인지 알 수 없었다. 분명한 것은 이유와 의도를 알 수 없는 모양의 선의도 선의가 된다는 사실이었다. 그것이 오경에게 전달되었고 그녀를 도왔기 때문에, 실은 그것만이 중요했기 때문에 그러했다.

오경이 파악한 군인은 불필요한 말을 일절 하지 않는 사람이었고 특수한 상황 속에서도 규칙을 정해 행동하는 꽤나 고지식한 성격이었다. 제시간에 일어나고 조금씩 자주 물을 마시며 하루 두 번 작게 맴도는 산보를 했다. 걷고 앉고 서고 눕는 루틴이 그에게 있었다. 체력을 보존하려는 정확한 효율성과 목적을 분명하게 알고 행동하는 집요한 집중력이 그의 동작에서 느껴졌다. 놀랍게도 그는 수로에서 살아 나갈 수 있다고 믿고 있었고 생존에 대한 강렬한 의지를 보였다. 그와 대화해보지 않아도 느낄 수 있었다. 그가 어떻게 그런 마음을 유지하는지 오경은 알 수 없었다. 그의 마음을 이해할 수 없었지만 그가 하는 행동이 무엇을 의도하는지는 짐작할 수 있었다.

어느 날은 군인이 물을 마시다가 돌을 집어 들고 웅덩이를 파헤치기 시작했다. 첨벙이며 질퍽대는 소리를 듣고 그 모습을 짐작할 수 있었다. 상황이 파악되자 오경도 즉시 돌을 찾아 들고 물웅덩이 바닥에서 흙을 퍼내기 시작했다. 생각처럼 쉽지는 않았다. 검고 무거운 진흙은 오경이 잡으려 할수록 손가락 사이로 이리저리 빠져나갔다. 오경이 움직이는 소리를 듣고 군인은 잠시 동작을 멈췄지만 이내 하던 일을 계속 했다. 둘은 비슷한 때에 일을 끝냈다. 퍼낸 진흙을 한쪽에 평평하게 정리하고 흙 묻은 손을 흙탕물에 헹궜다. 그리고 구멍을 마주볼 수 있는 예의 '그 자리'에 주저앉아 쉬었다. 머리가 어지럽고 기운이 없었다. 오경은 군인 역시 자신과 비슷한 상태일 거라고 짐작했다. 잠시 그대로 있다가 흙이 다 가라앉은 웅덩이 앞으로 가서 물을 몇 번 떠 마셔보았다. 물맛은 예상보다 더 시원하고 깨끗했다. 군인도 물을 수통에 길어 꿀꺽꿀꺽 마시는 소리가 들렸다. 오경은 그가 쫓아오기라도 하는 것처럼 평소보다 물을 더 충분히 마셨다. 그 물을 마시면서도 앞으로 자신에게 이런 깊은 웅덩이가 필요하다고는 생각하지 않았다. 그렇지만 자신과 군인이 같은 처지에 놓였다는 사실만은 인정할 수밖에 없었다.

그날 밤 군인이 불쑥 물었다.

"오늘이 아흐레인가?"

실수로 튀어나온 말이나 혼잣말 같기도 했다. 오경은 선잠에 들었다가 그의 목소리를 듣고 맑은 정신으로 눈을 떴다. 그동안 그가 이런 식으로 말을 건 적은 한 번도 없었다.

"수로가 무너질 때 정신을 잃어서 확실하지 않아."

오경이 대답했다.

"하긴, 너 거의 한나절 동안 깨어나지 않았어."

"그럼 맞아. 지금이 아홉 번째 밤이야."

그렇게 말하고 나자 여름 캠프에 놀러온 어린아이가 된 것 같았다. 오경은 조금 망설이다가 충동을 이기지 못하고 물었다.

"비스킷이 얼마나 남았어?"

"서른여섯 개."

"계속 나눠줄 거야?"

군인은 잠시 조용했다. 오경은 아무 소리도 듣지 못했지만 그가 웃었다고 생각했다.

"줄게. 하지만 언젠가부터는 이틀에 한 번만 먹어야 할지도 몰라."

"좋아."

"상태는 어때?"

그가 친구처럼 다정하게 물어서 오경은 이상한 기분이 들었다.

"이제 배가 고프지는 않아."

"잠깐이야. 곧 다시 배가 고파질 거야."

"언제?"

"아마 내일. 아니면 모레쯤. 먹고 싶은 음식을 자꾸 생각하지만 마. 착각한 위가 스스로 구멍을 낼 수도 있어"

"그런 생각을 하진 않아."

역시 아무 소리도 들리지 않았지만 이번에는 좀 더 확실히 알 수 있었다. 그는 즐겁고 편안하다는 듯이 미소 짓고 있었다. 군인은 웃음기를 거두지 않고 물었다.

"비스킷 좋아해?"

오경은 솔직히 대답했다.

"사실 별로 좋아하지 않아."

"그럼 뭘 좋아해?"

"단순하게 조리한 음식. 달걀. 요거트. 살코기. 새우 같은 것들."

그러자 생각지도 않았던 새우가 몹시도 먹고 싶어졌다. 언니들과 장을 볼 때 자주 가던 시장 모퉁이에 있는 해산물 가게에는 딱 이맘때 가을이면 통통하게 살이 오른 새우가 잔뜩 들어왔다. 가까이 다가가 가판에 고개를 기울이고 들여다보면 살얼음 위에서 가느다란 다리와 절지된 둥근 등을 꿈틀거리는 살아 있는 새우를 지켜볼 수 있었다. 그때 얼굴에 와 닿던 냉기와 비린내. 살아 있는 사람들이 동시에 말하며 알 수 없이 웅성거리던 거리의 소음. 오경은 폭격이 있던 밤 정신없이 달리며 그 시장이 있었던 폐허를 지나갔다. 거기엔 아무것도 없었다. 큰언니의 손을 잡고 가만히 기다리면 고무장화와 토시를 낀 남자가 갈색 종이 고깔에 듬뿍 담아주던 새우들. 품에 받아 들면 심장 박동처럼 어느 순간 팔딱 뛰어오르던 감각.

마음이 아프다고 생각했는데 엉뚱하게도 위가 뒤틀리기 시작했다. 군인의 말처럼 먹을 걸 떠올려서? 뜨거운 위에 느껴지는 감각은 통증 같기도 했고 오히려 기분 좋은 느낌 같기도 했다.

"너는 뭘 좋아하는데?"

오경이 물었다. 순간 그를 너라고 불렀기 때문에, 엄청난 잘못을 저지르고 있는 것 같은 긴장감을 느꼈다. 그럴 일이 없다는 것을 알면서도 누가 들을까봐 겁을 먹었다. 한편으론 이미 돌이킬 수 없다는 생각이 들었다. 하지만 대체 무엇을 돌이킬 수 없단 말인가?

"만두. 수제비. 따뜻한 채로 먹을 수 있는 음식. 그리고 감자로 만든 모든 요리."

그가 별안간 한숨을 쉬었다.

"어릴 때 감자를 불에 구워 먹던 뜨거운 쇠꼬챙이를 움켜잡아서 손바닥에 화상이 있어."

"아직도?"

"아직도. 이 흉터를 볼 때마다 어머니가 하셨던 말씀이 생각나."

오경은 그가 한 치 앞도 보이지 않는 어둠 속에 누워 자신의 손바닥을 들여다보고 있다는 것을 알았다. 손바닥 너머로 아득한 기억을 들여다보고 있다는 것도.

"어머니는 물이 차오르는 살 위에 으깬 감자즙을 발라주시면서 말씀하셨어. 음식에는 항상 대가가 따르는 거야. 바로 이런 대가를 치르는 거야."

군인은 말끝을 흐리며 잠시 생각에 잠겼다. 그리고 이내 다시 말했다.

"그때는 그 말이 무심하게 들리고 나를 겁주려는 말처럼 들렸는데 아닌 것 같아. 이제 보니 아닌 것 같아."

이제라는 것은 이런 상황을 말하는 걸까? 오경은 생각했다. 낯선 나라의 차가운 땅 속에 파묻혀 굶어 죽어가는 이런 상황을…… 하지만 오경은 언제나 묻고 싶었던 것을 물었다.

"비스킷이 충분할까?"

우리가 여기서 나갈 때까지……. 그 뒷말엔 여러 가지 오류가 있는 것 같아 말을 삼켰다.

"충분하진 않겠지."

군인이 말했다.

"위험한 순간은 가끔 미친 듯이 배가 고파지는 순간이야. 의외로 아주 끔찍하거든. 당장 입에 넣을 게 하나도 없다면 말이야. 하지만 또 지나갈 거야."

"이만큼 굶어봤어?"

"응."

"이것보다도 더?"

"그래."

"얼마나 살 수 있어? 먹지 않고?"

군인은 대답이 없었다. 오경은 그가 또 생각에 잠겼다고 느껴져 잠자코 기다렸지만 끝끝내 대답이 돌아오지 않자 당황했다. 하지만 이내 그가 대화를 끝냈다는 것을 깨달았다. 그는 물론 그럴 수 있었다. 오경은 납득했고 다시 눈을 감았다. 수로는 침묵으로 가득했지만 말이 끝난 다음에, 목소리가 사라진 다음에 남겨진 침묵이었다. 그와 나눴던 말소리가 귓가에 맴도는 것 같았다. 그와 대화를 나눴다. 처음으로. 마침내. 결국. 어떤 말도 옳지 않았다. 오경은 마음 깊이 안도하고 있는 자신을 발견했다. 하지만 대체 무엇에 안도한단 말인가?

다음 날 아침 오경은 눈을 뜨자마자 간밤의 대화가 진짜였을까 가늠해보았다. 그때 군인이 늘 건네던 인사처럼 말했다.

"열흘째야."

"그래, 열흘."

오경도 대답했다. 그리고 둘은 말없이 비스킷을 나누기 시작했다. 그것 외에 할 수 있는 일은 없었다. 사실은 그가 나눠주고 오경이 받는 처지였지만 둘 다 이 행위를 진지한 의식처럼 임하고 있다는 점에서 그것은 나눔이었다. 그가 오경에게 주는 것이 있고, 오경이 그에게 주는 것이 있었다. 그 명백한 사실을 깨닫고 나자 오경은 묘한 우월감을 느꼈다. 마치 지금 그를 가두고 벌주고 있는 것이 자신이라는 착각마저 들었다. 오경은 그가 기대하는 것을 주지 않고 그가 실망하도록 만들고 싶었다. 그를 더 벌주고 싶다고 생각했다. 그가 벌을 받아야 한다고 생각했다.

하지만 어째서일까? 그에게 주는 모든 벌을 마찬가지로 오경도 받아야 했다.

"맛이 어때?"

군인이 비스킷 하나를 해치우고 물었다. 명백한 농담이었고 말투는 친한 친구처럼 격의 없었다. 오경이 느끼기에 그는 조금 들떠 있었다. 굶주림도 죽음도 이런 어두운 수로도 알지 못하는 어린아이 같았다. 이제 오경은 군인이 자기가 가진 것을 흔들며 비열하게 굴 생각이 조금도 없다는 것을 깨달았다. 그는 손에 들린 식량을 권력이라고 생각하지 않는다. 그는 더 이상 나를 사냥감이라고 생각하지 않는다. 오경은 계속 생각했다. 그는 내가 살길 바란다. 내가 죽는 것보다 살아서 곁에 있길 바란다. 그게 비스킷보다 더 가치 있다고 판단한다.

오경이 대답하기도 전에 군인이 신이 난 목소리로 말했다.

"진짜 끝내주지? 그치?"

그의 나이는 겨우 스무 살. P국의 숲으로 둘러싸인 작은 임지마을에서 태어났고 부모님은 벌목공, 조부모와 조부모의 부모도 벌목공이었다. 그가 아는 조상 중 두 명이 쓰러진 나무에 깔려 죽었다. 자라면서 가장 많이 들은 충고는 물론 쓰러지는 나무를 조심하라는 말이었다. 아직도 부양해야 하는 어린 네 명의 동생이 있다는 것, 집안에 그가 태어나기 전부터 큰 빚이 있다는 것도 알게 되었다. 오경도 이야기했다. 대학에서 학생들에게 철학과 미학을 가르치는 부모님과 곧 결혼을 앞두고 있던 큰언니에 대해. 겁이 많아서 아직도 혼자서는 자지 못하는 둘째 언니에 대해. 그래서 밤이면 자매들의 방을 이리저리 떠도는 가족들만 아는 귀여운 유령에 대해. 그리고 어릴 때 흔들면 눈송이가 흩날리는 유리 볼을 두고 오경과 다투다가 오경의 관자놀이에 사라지지 않는 하얗고 작은 흉터를 남긴 셋째 언니에 대해 이야기했다.

사실 오경과 군인은 이야기할 수 있는 모든 것을 닥치는 대로 나눴다. 말할 수 있는 거라면 뭐든 좋았다. 비스킷을 나눌 때, 그것을 먹고 나서 더 이상 할 일이 아무것도 없다는 사실을 마주할 때, 체력을 아끼기 위해 낮잠을 자고 일어나서 문득 무너진 수로에 갇힌 신세라는 것을 실감할 때, 그리고 밤이 내린 무거운 어둠을 도저히 견딜 수 없을 때 누군가 입을 열었다.

엄격하게 따지자면 언제나 먼저 입을 여는 쪽은 군인이었다. 그는 늘 조금은 수줍어하는 태도로 오경에게 무언가를 물었다. 불현듯 자기 이야기를 시작할 때도 역시나 그가 쑥스러움을 무릅쓰고 있다는 것을 느낄 수 있었다. 그는 순박한 시골 소년처럼 얼굴을 빨갛게 물들이고 투박한 손으로 짧게 자른 자신의 까끌까끌한 머리칼을 문지르고 있을지도 모른다. 오경은 그런 상상을 하며 그가 묻는 말에 대답했다. 날을 세워 자기가 왜 그와 이야기를 나눠야 하는지, 그의 진짜 목적이 무엇인지 따져 물을 수 있었지만 그러지 않았다. 놀랍게도 단 한 번도 그런 의문을 제기하거나 그가 뻔뻔하다고 비난하지 않았다. 그가 주는 비스킷의 대가라고 생각하면 쉬웠고, 또 한편으로는 그에게 줄 것을 쥐고 있다는 유일한 무기를 잃을까봐 겁이 났다.

사실은 대답을 멈출 수 없었다. 그게 더 솔직한 심정이었다. 한 번 시작된 대화는 조급한 욕구처럼, 게걸스러운 탐식처럼 도무지 절제할 수가 없었다. 조심스럽게 속닥이던 이야기는 정신을 차려보면 어느새 걷잡을 수 없이 번져 있었고 그것을 알아챈 뒤에도 차마 멈추자고 말할 수 없었다. 오히려 그가 먼저 여기까지만 하자고 냉정하게 입을 다물어버릴까봐 내내 조바심이 났다. 그는 이미 한 번 아무 기미도 없이 대화를 끝내버린 적이 있었다. 그 뒤로는 그런 적이 없었지만 그가 언제든지 그럴 수 있다는 사실을 이제 오경은 알았다. 그리고 그가 다시 그런다면, 혹은 영영 오경과 대화하지 않겠다고 나온다면 틀림없이 자신의 마음이 무너질 거라고 오경은 생각했다.

오경은 이런 대화에 대한 열망을 감추려 했지만 이미 실패했다는 것을 알고 있었다. 군인 역시 그것을 감추는 데 완전히 실패했기 때문이다. 그는 주로 오경에게 "너는 어때?"라고 묻곤 했지만, 가끔은 "말해줄래?" 아니면 "조금 더 이야기해줄 수 있어?"라는 표현을 사용했다. 물론 말투는 정중하고 다정했다. 사실 오경은 그가 구걸하고 있다는 느낌을 지우기 어려웠다. 그는 오경이 대화를 끝내버리지 않기를 바랐고 그래주기를 빌고 있었다.

그런 느낌을 받을 때마다 오경은 자신이 그에게

매달리지 않도록 더 신경을 곤두세웠다. 오경은 그와 친구처럼 어릴 때 가지고 있던 비밀스러운 습관이나 어리석게 행동하여 우스워졌던 일화를 이야기하는 동안에도 그가 자신을 죽이려 한 살인자임을 한순간도 잊지 않았다. 그가 오직 도시를 파괴하기 위한 목적을 품고 이 땅에 온 적국의 군인이라는 사실을 기억했다.

하지만 그런 인지가 점점 더 쓸모없어지고 있음을 분명하게 느꼈다. 오경은 이제 그에게 전쟁으로 죽은 사람들에 대해 이야기하고 그가 적임을 기억하고 다시 죽은 사람들 이야기를 하고 다시 그가 적임을 떠올렸다. 그걸 반복할 수 있었다. 그런 반복 속에서 어느 순간 등허리를 타고 내려오는 오싹함을 느꼈지만 그 또한 지나갔다. 허기와 다를 것이 없다고, 오경은 생각했다. 산 사람의 곁을 맴돌며 호시탐탐 기회를 엿보는 죽음의 냄새였다.

군인은 오경이 이야기할 때면 대체로 끼어들거나 추임새를 넣지 않고 가만히 들었다. 오경이 한참 떠들다가 그가 잠든 게 아닐까 싶어 망설이고 있으면 조용히 몸을 뒤척여 기척을 냈다. 그는 사실 오경의 이야기에 깊이 공감하며 기쁨과 슬픔의 감정에 빠지기도 했는데 티를 내지 않으려고 노력했다. 그럼에도 오경은 그가 떠올리고 있는 기억이나 느끼고 있는 감정을 알 것만 같았다. 오경은 이제 그가 사랑했던 어린 날 키웠던 커다란 개와 가슴이 답답해지면 달려가곤 했던 느티나무가 있는 언덕, 계단 아래 서랍장에 숨겨둔 보물 상자, 그 안에 든 쓸모없는 잡동사니를 알고 있었다. 동네에서 가장 사이가 좋지 않던 친구는 그보다 먼저 징병되어 전사했고, 첫사랑은 전쟁이 터지기 전에 은행원과 결혼했다. 그는 나중에 그 친구를 미워했던 이유를 기억해냈는데 그 친구가 그의 첫사랑을 같이 좋아했기 때문이었다. 첫사랑이 결혼한 은행원도 징병되어 전사했다. 그는 이 이야기를 정말 웃기는 이야기처럼 말했고 소리 내어 웃었는데 웃음소리가 듣기 좋아서 오경은 놀랐다. 그는 별것 아닌 일에도 기분 좋게 웃곤 했다. 또 오경은 그가 가진 신발이 배급 받아 신고 있는 군화를 제외하면 두 켤레뿐이라는 사실도 알았다. 한 켤레는 동생들이 그가 성인이 되었을 때 돈을 모아 선물한 것으로 윤기가 도는 은은한 초콜릿색 구두였다. 그는 그 구두를 아끼느라 아직까지 한 번도 신지 않았고, 그래서 그 구두는 그의 그늘진 침대 밑 양털 카펫 위에 그대로 모셔져 있다. 오경은 이제 그의 그런 사소한 것들까지 알게 되었다.

오경은 군인이 특히 계속 듣고 싶어 하는 이야기도 꿰고 있었다. 그는 오경이 자신의 방을 묘사하기 시작하면 귀를 쫑긋 세우고 집중했다. 그는 정말 질리지도 않고 그 방의 그린 듯한 세세한 묘사를 원했다. 마치 언젠가 오경의 방에 들어가 보기라도 하겠다는 듯이. 마치 그 방을 자기가 다 차지하겠다는 듯이. 오경은 바로 얼마 전까지 머물던 자신의 작은 방을 유년 시절의 기억처럼 더듬더듬 떠올렸다. 그 방을 너무 여러 번 반복해서 묘사한 나머지 이것이 진짜 기억인지 아니면 자신이 지금 막 지어낸 상상인지 스스로도 분간이 되지 않았다. 그럼에도 신기한 것은 이야기할 때마다 방에서 새로운 구석을 찾아낸다는 것이었다. 오경은 자신의 작은 방 하나에서도 군인에게 들려줄

무궁무진한 이야기를 계속해서 떠올릴 수 있었다.

방은 일자 쇠고리가 달린 잿빛 나무 문을 밀고 들어가면 한눈에 들어온다. 대각선으로 크게 세 걸음 반을 걸을 수 있다. 가장 먼저 눈에 들어오는 것은 한쪽 면을 차지하고 있는 볼록하게 튀어나간 반원형 벽이다. 그 벽에 뚫린 곡선 유리창으로 오경은 빛과 바람과 낮달과 줄지어 날아가는 새들을 내다볼 수 있었다. 창가에는 원통 기둥이 하나 있고 그 옆에 작은 물건들을 올려둘 수 있는 3단 선반이 있다. 맨 아래 칸에는 오경과 언니들이 함께 만든 찰흙 인형들이 있는데 공주를 기다리는 난쟁이들이었다. 오경은 이불 속에서 언니들과 점점 살을 붙여 만든 그 이야기를 군인에게 들려주었다. 선반의 두 번째 칸에는 오경이 잘 읽을 줄 모르는 어려운 시집과 악보가 누워 있고, 오경만이 아는 비밀이지만, 그 사이에 일기장이 숨겨져 있다. 오경은 그 일기의 내용도 군인에게 들려줬다. 부모님과 언니들도 모르는 오경의 내밀한 마음이나 생각이 적혀 있었고 그런 이야기를 누군가에게 말하는 것은 처음이었다. 선반의 맨 위 칸에는 손바닥만 한 액자에 담긴 가족사진이 있다. 오경이 막 태어났을 때 찍은 것으로 더 젊고 총명해 보이는 부모님은 고급스러운 옷을 입고 딸들을 향해 몸을 기울이고 있었다. 아직 아기인 오경은 아버지 품에 안겨 있고 그 주변을 천방지축인 언니들이 둘러싸고 있었다. 사진으로도 그 끊임없는 움직임이 보이는 것 같았다. 언니들은 오경이 전혀 기억하지 못하는 어린 모습이어서 다 모르는 애들 같았다. 오랜 세월 그들이 언니들이라는 것을 듣고 자랐기 때문에 그들은 오경 안에 자리한 또 다른 세계의 언니들이 되었다.

오경은 일부러 그 가족사진을 집요하게 묘사했다. 부모님이 나른하게 앉아 있는 초록색 벨벳 소파, 그 포즈와 표정, 언니들과 자신이 똑같이 맞춰 입은 노란색 원피스, 얇은 끈이 발등을 잡아주는 빨간 에나멜 구두, 진주 머리핀……. 하지만 어떻게 해도 군인은 좀처럼 죄책감을 느끼는 것 같지 않았다. 오경은 그것이 놀랍고 이상했다. 이런 상황에서는 아무래도 상관없다고 생각했지만 점차 마음이 들끓고 오기가 생겼다.

오경과 군인 둘 다 폭격이 있던 밤 이야기는 애매하게 피해왔기 때문에 직접적으로 말한 적은 없지만 오경은 부모님과 언니들의 생사가 불투명한 현재의 상황을 여러 차례 충분히 드러내왔다. 그런데도 군인은 그와 그의 군대가 파괴한 이곳의 삶을 오경의 이야기와 잘 연결 짓지 못했다. 그에게 오경의 집, 오경의 가족은 자신이 파괴한 저 수로 밖의 세계가 아니라 북해 너머 자신의 집과 가족을 떠오르게 하는 안타까운 이야기였다.

그는 오경의 이야기를 듣고 부드러운 목소리로 속삭였다.

"너의 좋은 방으로 돌아가고 싶겠다."

이렇게도 물었다.

"가족들이 그리운 거지?"

그 말투엔 '나도 그래' '나도 너와 같아' 하고 고개를 끄덕이는 동지의 태도가 있었다. 금방이라도 손을 뻗어 오경의 등과 어깨를 쓸어주고 품에 안아 체온은 나눠줄 수 있다는 듯이. 하지만 어떻게 그가 동지가 될 수 있단 말인가?

"내 동생 중엔 너만 한 여동생이 있어. 네 목소

리를 듣고 있으면 자꾸 그 애 생각이 나. 얼마나 장난꾸러기인지, 얼마나 나무를 빠르게 타고 올라가는지 몰라. 온통 나무밖에 없는 산골 마을이지만 그 애처럼 나무를 민첩하게 타고 오르는 애는 아무도 없었어. 분명 곰보다도 빠를 거야. 곰을 만나도 그 애는 죽지 않을 거야. 듣고 있어?"

오경은 역겨움에 구역질을 하거나 거친 숨을 내뱉지 않으려고 안간힘을 썼다. 그가 어떻게 그런 말을 입에 담을 수 있단 말인가? 수로는 침묵에 잠겼고 어디선가 먼 곳에서 찰랑이는 물소리가 들릴 만큼 순식간에 고요해졌다. 잠시 후 그는 오경이 잠들었다고 생각했는지 잠을 청하려고 자세를 조금 바꿨다. 담요처럼 덮고 있는 웃옷은 몸을 뒤척일 때마다 빳빳하게 사각거리는 소리를 냈다. 오경은 그가 움직이며 내는 조용조용한 소리를 들으며 세상에 남겨진 건 그와 자신 둘뿐이라는 사실을 다시 천천히 깨달았다.

또다시 날이 밝았을 때 군인은 언제나처럼, 마치 지켜보고 있는 것처럼 오경이 눈을 뜨자마자 말했다.

"보름째야."

"그래, 보름."

정확히 보름이 되는 그날, 그는 늘 구멍으로 내밀던 비스킷이 꽂힌 총구 대신 손바닥 위에 올려둘 수 있는 은색 양철로 된 작은 캔을 총 끝으로 밀어 보냈다. 오경은 그것이 남은 비스킷 전부가 들어 있는 통이라는 것을 알고 깜짝 놀랐다.

"이제 번갈아 가지고 있자."

"왜?"

그가 잠시 생각했다. 초초하게 그가 입을 열길 기다렸다. 손에 쥔 비스킷 통의 차가운 감촉이 서서히 식어가는 것을 느꼈고 그게 마치 터지기 직전의 폭탄처럼 느껴졌다. 오경은 겁을 먹고 있었다. 그가 말했다.

"전쟁이 나기 전에는 매일 굶었어. 가족 전부가 말이야."

그의 이야기를 듣고 어느 정도 짐작하고 있던 사실이었다. 그러나 오경은 대체로 그가 들려주는 종류의 삶에 대해 무지했고 이야기를 듣는 동안 그것을 머릿속으로 상상하며 슬프고 놀랐지만 그런 생각들은 시간이 흐르면서 마음에서 곧잘 빠져 나갔다.

"정말 매일매일 굶었는데, 그때 우리 가족은 마지막 식량을 이렇게 한 통에 모아놓고 돌아가면서 그걸 맡았어. 식량을 맡은 사람이 그것을 독차지했다가 다음 사람에게 넘겨주고, 또 그 사람이 그다음 사람에게 넘길 수 있도록 말이야. 좀 이상하게 들릴지도 모르지만 그런 일이 배고픔을 이기는 데 도움이 됐어."

오경은 통을 놓치지 않도록 주의하며 조심스럽게 뚜껑을 열었다. 늘 집중하여 듣고 상상했던 모습 그대로 도열한 작은 비스킷들이 들어 있었다. 통은 군데군데 헐겁게 비어 있었고 아직 쓰러진 비스킷은 없었지만 위태로워 보였다. 몇 개가 남았는지 세어보니 정확히 스물다섯 개였다. 구멍 너머에서 군인이 비스킷을 먹는 소리가 들렸다. 오경도 비스킷 하나를 통에서 꺼냈다. 언 눈을 긁어내는 소리. 구운 밀가루 반죽이 긁히며 잔 가루로 부서지는 것이 보였다. 그것이 이제 오경 눈앞에 있었다. 오경이 하나를 꺼내자 비스듬히 기울어져 있던 비스킷들이 한쪽으로 쏠리며 쓰러졌다. 이제 그것들은 대부분 누워 있고 어떤 것은 바닥에 완전히 깔렸다. 오경은 비스킷 하나를 입에 넣고 통의 뚜껑을 힘주어 밀봉했다. 비스킷을 씹으며 역삼각형 구멍을 바라보며 생각했다. 스물네 개의 비스킷. 둘이 먹으면 앞으로 12일. 이틀에 하나를 먹는다면 24일. 지금껏 버틴 시간까지 따지면 39일. 이 수로에서 39일.

비스킷을 다 먹은 군인이 중얼거렸다.

"닭의 배 속에 달걀은 없다."

"뭐라고?"

"이게 너희 나라 속담이지?"

"맞아."

"내가 알고 있는 유일한 너희 속담이야. 어릴 때 들었는데 어디서 들었는지 기억나질 않네."

그가 아무런 일도 일어나지 않았다는 듯이 떠들고 있어서 오경은 몸이 떨렸다. 그가 눈치채길 바라지 않았기 때문에 손으로 팔을 감싸쥐고 물었다.

"뜻은 알고?"

"달걀이 먹고 싶다고 성급하게 닭의 배를 가르면 달걀도 닭도 잃는다는 뜻이지. 그러니까 닭은 죽어라 달걀을 낳고 달걀은 죽어라 알을 깨고 나오도록, 그런 고생을 영원히 반복하도록 삶에 가둬두어야 한다는 거야. 그게 우리 집에 빚이 있는 이유야. 돈을 빌려주고 우리를 살려두려고. 그게 더 많은 걸 먹을 수 있는 방법이니까."

오경은 그가 왜 그런 말을 하는지 헤아려보았다. 그의 행동과 표정을 모두 읽게 되었다고 생각했는데 지금은 돌벽 너머에 있는 그가 누구인지 도무지 알 수 없었다. 내가 그를 안 적이 있었던가? 오경은 혼란에 빠졌고 자신이 두려워하고 있다는 것을 깨달았다. 하지만 무엇을 두려워한단 말인가?

"내가 아는 뜻이랑 다른데."

오경이 말했다.

"정말?"

"응. 우리는 그 속담을 시간에 대해 말할 때 사용해. 닭의 배 속에 달걀은 없다. 닭이 낳는 달걀도, 달걀에서 나오는 닭도 모두 그 순간에 존재할 뿐이라는 뜻이야. 유일하게 진짜인 건 지금이라는 뜻이지."

군인은 잠시 같은 속담을 다르게 기억하게 된 연유를 궁리하는 것 같았다. 그리고 이내 말했다.

"재밌다. 다른 속담도 알려줄래?"

오경은 소리 없이 숨을 내뱉으며 그의 말과 행동에는 아무런 의미도, 의도도 없다는 것을 깨달았다. 무서운 생각으로 가득 찬 건 다름 아닌 자신의 머릿속이었다. 오경은 이제 몸을 떨지 않았다. 머리는 맑고 개운했다. 오경은 자신이 비스킷 통을 독차지할 생각이라는 것을 알아차렸다. 내일 통을 군인에게 넘겨야 할 때 그것을 넘기지 않겠다고 마음먹었다. 당연한 일이야. 어리석은 건 저 군인이야. 오경은 그의 허튼 믿음과 위선을 탓하고 실컷 비웃어주고 싶었다. 그가 과연 어떤 반응을 보일지, 배신감을 느낄지, 생각지도 못한 충격을 받을지, 아니면 모든 것을 포기하고 절망할지 궁금했다. 내일이면 그것을 알 수 있었다.

"무슨 속담을 알고 싶어?"

하지만 오경은 어느새 입을 열고 말하기 시작했

다. 습관처럼. 익숙한 일과처럼. 딱딱하고 뾰족한 돌을 등 뒤에 두고 저 너머에 그가 있는 역삼각형 구멍을 바라보며 그가 듣고 싶어 하는 이야기를 들려줬다. 아직 하루가 남았고 그 시간을 이렇게 보낼 수 있었다. 오경은 그것을 잘 알고 있었다. 오경은 입을 열어 말했고 군인은 그 말소리를 귀 기울여 들었다.

"열여섯째 날이야."

"그래."

그런데 다음 날 어김없이 눈을 뜨자마자 들려온 군인의 인사를 듣자 마음이 요동치기 시작했다. 아무 의심의 기미도 없는 목소리. 아무 두려움도 긴장감도 없는 목소리. 고통과 시련에 빠진 건 자신뿐이고 그는 이 지옥과 상관없는 안락한 곳에 있다는 생각에 화가 치밀었다. 오경은 그를 죽여버리고 싶었다. 그가 비참하게 죽도록 내버려두고 그의 죽음을 기쁘게 지켜보고 싶었다. 오경은 덜덜 떨리는 손으로 비스킷 통을 열고 비스킷 하나를 꺼냈다. 그것을 입에 넣고 씹었다. 이 익숙한 식감. 이 달콤한 맛과 향. 모두 자신이 독차지할 수 있었다.

하지만 오경은 뚜껑을 닫고 더 고민에 빠질까 두려워하며 허겁지겁 통을 구멍 안으로 밀어 넣었다. 속으로는 스스로를 미친 사람이라고 여기며 다짐하고 다짐했다.

이틀만 더. 아니 나흘만 더 이렇게 통을 주고받는 거야. 그리고 때가 되면 돌려주지 않는 거야.

그때 군인이 말했다.

"음 아무래도 네가 다시 밀어줘야겠는데?"

통은 구멍 통로 중간쯤, 군인이 팔을 뻗어도 닿지 않는 곳에 멈춰 있었다. 그는 총을 구멍 안으로 집어넣어 통을 다시 오경 쪽으로 밀어 보냈다. 오경은 굴러온 통을 내려다봤다.

"자, 다시!"

군인이 격려하듯 말했다. 오경은 이번에는 통을 가로로 눕혀 원통의 곡면을 바닥에 대고 힘껏 굴렸다. 구멍의 어두운 속을 은빛 캔이 데굴데굴 굴러 가로질렀다. 난반사되는 빛의 파편이 뾰족한 돌과 자갈 위에서 부드럽게 부서졌다.

"좋아, 잘했어! 이렇게만 하면 돼."

통을 받아낸 군인이 소리쳤다.

열일곱째 날. 군인은 비스킷 하나를 먹고 비스킷 통을 구멍 너머로 밀어 오경에게 보냈다. 오경도 통에서 비스킷 하나를 꺼내 먹었다. 남은 비스킷은 스무 개.

열여덟째 날. 오경은 비스킷 하나를 먹고 비스킷 통을 다시 군인에게 넘겼다. 군인도 통에서 비스킷 하나를 꺼내 먹었다. 남은 비스킷은 열여덟 개.

열아홉째 날. 통은 오경에게. 남은 비스킷은 열여섯 개.

스무 번째 날. 통은 다시 군인에게. 남은 비스킷은 열네 개.

오경은 결국 울음을 터트렸다. 눈물은 흘리지 않고 목구멍 속으로, 이마와 관자놀이 너머로 삼키는 울음이었다. 오경은 커다랗고 위협적인 바위 아래 누운 채로 두 주먹을 뜨거운 이마 위에 얹고 소리 없이 울었다. 그가 먼저 죽는 것이 무서웠다. 그가 자신을 증오하고 자신을 저주하는 것이 무서웠다. 어둠 속에서 그가 자신을 부르고 자신도 그를 부를 수 있는 시간이 끝나는 것을 견딜 수 없었다. 죽음에 이르는 순간까지 그런 식으로 죽어가고 싶지 않았다. 오경은 그것을 인정했고 그러자 몸이 뜨거워지기 시작했다.

“왜 어디 아파?”

오경의 신음을 듣고 그가 물었다.

“아니 열이 나서.”

오경은 웅덩이로 가서 차가운 물속에 손을 담그고 물을 몇 번 얼굴에 끼얹었다.

“천에 물을 좀 묻혀서 이마와 목에 대. 피가 머리로 가도록 반듯하게 누워.”

그가 할 수만 있다면 오경이 있는 쪽으로 건너올 듯한 걱정스러운 목소리로 말했다. 오경은 그가 일러준 대로 셔츠 하나를 벗어 물에 적시고 그것으로 목을 감쌌다. 몸은 춥고 떨리며 동시에 뜨거웠다.

“두드러기야. 등이랑 겨드랑이에 두드러기가 났어.”

오경은 말하면서 몸의 다른 부분도 더듬어보았

다. 팔꿈치 안쪽과 허벅지도 두드러기로 뒤덮여 있었다. 치마를 걷어 피부를 살펴보니 만지면 통증이 있고 전염병의 반점처럼 흉측했다. 금방이라도 썩어 문드러진 시체가 될 것 같았다.

"영양이 부족해서 그래. 몸이 반응하는 거야. 마음을 가라앉히고 기분 좋은 생각을 해."

"하지만……"

"내가 이야기할까? 눈을 감고 들으면 기분이 나아질 거야."

초조. 공포. 안타까움. 무력함에 대한 자책. 그의 감정이 투명하게 전해졌다.

"지금은 너무 졸려."

오경이 중얼거렸다.

"그래. 자는 것도 좋아. 일단 휴식을 취해서 몸을 달래야 해."

그가 어린아이에게 하는 것처럼 어르는 소리가 점점 더 먼 곳으로 멀어졌다.

"그래, 조금만…… 조금만 잘게."

오경은 힘을 짜내 대답했지만 자신이 정말 그렇게 말했는지 확신할 수 없었다.

그리고 꿈을 꾸었다. 북해를 건너는 꿈이었다. 오경은 하얀 돛이 달린 요트에 탄 채 세차고 끈적한 바람을 얼굴에 맞고 있었다. 부서지며 튀어 오르는 물방울들이 요트 난간에 걸친 팔과 소매를 적시고 있었고 점점이 퍼지는 짙은 빛깔의 물 얼룩은 어떤 의미가 숨겨진 암호나 점괘처럼 보였다. 그 팔을 가만히 보다가 오경은 자신이 지금보다 어리다는 것을 깨달았다. 아마도 열 살 내지 아홉 살? 요트에는 가족들이 타고 있고 요트를 운전하고 있는 사람은 아버지가 분명한데 오경의 시야에는 아무도 보이지 않았다. 오경은 부쩍부쩍 다가오는 유리 같은 회색 파도에 사로잡혀 있었다. 그 물결을 나누고 그 안에서 일어나는 복잡한 회전과 뒤섞임을 들여다보고 싶었다. 하지만 눈은 번번이 물결의 연결을 따라가다가 놓쳤고 망막 위에는 반짝이는 빛이나 어둠의 잔상만이 남았다. 그때 오경은 뭔가 이상한 점을 발견했다. 완만하게 펼쳐진 수평선 너머에서 벌떼처럼 이질적으로 너울거리는 물결이 보였고 잠시 뒤 그것이 높게 치솟은 파도라는 것을 깨달았다. 거대한 파도가 넘어오고 있었다. 이것을 알려야 하는데, 그래야 한다고 생각하는데 웬일인지 고개를 돌릴 수 없었다. 물결의 마법에 걸린 듯 꼼짝도 할 수 없었다. 귀는 물에 젖은 솜에 틀어 막힌 것처럼 잘 들리지 않았다. 그러다 어느 한순간 소름 끼치는 비명이 등 뒤에서 들려왔다.

뒤돌아보지 마! 뒤돌아보지 마!

오경은 물속에 잠겼다가 올라온 사람처럼 숨을 크게 들이쉬며 깨어났다. 그리고 자신이 꿈과 달리 북해를 건너본 경험이 없다는 것을 떠올렸다. 그렇다면 이건 누구의 기억일까?

수로는 깜깜한 밤이었고 온통 습기로 가득했다. 물이 바위를 타고 흘러내리는 소리, 고인 물의 수면 위로 떨어지는 물방울 소리가 들렸다. 비가 오고 있었다. 위험하지 않을까? 오경은 순간 걱정했지만 곧 어쩔 수 없는 일이라고 생각했다. 오경이 할 수 있는 일은 아무것도 없었다. 그리고 조금 더 귀 기울여 들으니 군인이 울고 있는 소리가 들렸다.

오경은 순간 그에게 왜 우는지 물을 뻔했지만

그만두었다. 오경은 일어난 기척을 냈고 그는 그 소리를 들었다. 그런데도 그는 흐느낌을 멈추지 못했다. 오히려 울음은 주체할 수 없이 그의 몸 안에서 차올라 거의 울부짖기 시작했고 오경은 천둥이 지나간 것처럼 심장이 내려앉았다. 그의 절망이, 그의 두려움과 분노가 그대로 오경에게 전달되었다. 오경은 말없이 기다렸다. 오경은 그와 같은 마음이었다.

"몸은 좀 어때?"

진정한 뒤 군인이 물었다.

"괜찮아졌어. 오히려 가벼워졌어."

"다행이다."

"언제부터 비가 왔어?"

"다섯 시간. 아니면 여섯 시간쯤 됐어. 아까는 꽤 폭우였는데 너는 세상모르고 자더라."

"수로가 무너지지 않을까?"

"이쯤 돼도 멀쩡한 걸 보면 폭탄이 한 번 더 떨어져도 우리는 살 거야."

그가 웃어서 오경도 웃었다. 작게 한숨을 내쉬는 소리가 들렸다. 그가 말했다.

"일어나라고, 제발 일어나라고 불렀는데 숨소리도 들리지 않았어. 그래서 죽은 줄 알았어."

오경은 살짝 오한을 느꼈다. 비 내리는 밤의 수로에는 전에 없이 냉기가 감돌았고 이대로 겨울이 올지도 모른다는 생각이 들었다.

"사실 예전에도 너를 이렇게 부른 적이 있어. 네가 죽은 줄 알고 말이야. 하지만 너는 다시 일어났고 그날 나는 무엇엔가 감사함을 느꼈어. 내가 이런 감정을 느낀 것이 정말 오랜만이라는 사실을 깨달았어. 속으로는 계속 누군가에게 감사하다고 외쳤는데 그건 아마도 기도나 다름없었을 거야. 그리고 내 비스킷을 너에게 줘야겠다고 생각했어."

"그래."

달리 무슨 말을 할 수 있을까?

"나라도 그랬을 거야."

"저기,"

그가 갑자기 움직이기 시작했다.

"너는 비스킷을 하나 더 먹는 게 좋겠어."

"지금?"

그가 대답하지 않고 주머니에서 통을 꺼내는 소리가 들렸다. 오경도 재빨리 밑으로 기어 내려가 몸을 일으켰다.

"지금 통을 굴리겠다고? 이 어둠 속에서?"

오경은 그가 하려는 일이 무모하다고 생각하며 그를 저지할 생각으로 거듭 물었지만 실은 슬며시 신이 났다. 금지된 짓을 하는 못된 애들이 된 것 같았다. 그가 멈추지 않았으면 좋겠다고 생각했는데 다행히 그는 멈추지 않았다.

"구멍을 손으로 막아. 한 번에 잘 받아야 해."

오경은 그렇게 했다. 그가 구멍 앞에 작은 통을 달칵 내려놓는 소리가 들렸다. 이내 총을 집어드는 소리, 총에 달린 가죽 어깨끈이 흙바닥을 긁고 지나가는 소리, 덜렁이는 탄창 소리, 총구 끝으로 통을 쭉 미는 소리가 차례로 들려왔다. 오경이 내밀고 있던 두 손바닥 안으로 서늘한 촉감의 비스킷 통이 들어왔다. 오경은 여전히 그 통 뒤에 붙어 있는 총구의 단단한 힘도 느낄 수 있었다.

"잡았어?"

그가 물었다.

오경은 허겁지겁 통의 뚜껑을 열었다. 한나절을 꼬박 앓고 나니 달콤한 맛이 간절했다. 오경은 완전한 어둠 속에서 손끝의 감각만으로 비스킷 하나를 꺼냈고 단숨에 입에 넣었다. 그리고 통 안에 무언가 다른 것이 있다는 것을 깨달았다. 다시 통 안을 조심히 헤집어보니 얇은 철사 같은 것이 잡혔다. 그것을 꺼내 더듬어보았다. 이리저리 꼬아 모양을 만든 철사였다. 오경은 한참 어루만지다가 마침내 그것이 한 송이 꽃이라는 것을 알아냈다.

"수첩에 있던 스프링이야."

그가 설명했다. 그리고 내일부터 비스킷을 이틀에 한 번 먹어야 할 것 같다고 말했다. 최대한 잠을 자면서 체력을 아끼고 정해진 시간에만 깨어나 대화를 나누자는 제안도 했다. 그는 오경과 자신의 생존에 대해 끊임없이 이야기했다. 오경은 그의 모든 말에 그러자고 대답하며 손가락 사이에 끼운 철로 만든 꽃을 빙글빙글 돌렸다.

오경은 무슨 말을 해야 할까 잠시 고민했다. 그에게 고맙다는 말을 할 수 없었다. 자신이 그 한 가지 원칙을 마음속에 정하고 지금껏 지켜왔다는 사실을 깨달았다. 그가 암흑 속에서 처음 말을 건넸을 때도, 유일한 식량인 비스킷을 나눠주었을 때도 오경은 인사하지 않았다. 그도 오경의 외면을 알고 있었지만 모르는 척했다.

그는 등 뒤에서 오경을 죽이려고 쫓아오던 적군이었고, 둘은 쫓고 쫓기다가 죽을 자리로 함께 들어왔다. 불과 한 달도 되지 않은 일이었다. 하지만 벌써 수십 년이 흐른 일처럼 느껴진다고 오경은 생각했다.

그럴 수밖에. 그 짧은 시간에도 사람은 이렇게 순식간에 죽어가는걸. 똑같이 죽어가는걸.

오경은 그가 자신과 맞닥뜨리기 전에 이 도시의 수많은 사람들을 죽였을 거라고, 저 총으로 조준한 사람들에게 방아쇠를 당겼을 거라고 생각했다. 그중에는 자신이 한 번쯤 본 적이 있거나 이야기를 나눠봤거나 우연히 도움을 주고받은 사람도 있을 거라고 생각했다. 그런 일을 그가 태어나기 전에 일어난 까마득한 전생처럼 떠올렸다.

우린 여기서 죽을 거야. 그럼 모든 것이 끝나는 거야. 진실은 그것뿐이야.

"잠이 와?"

그가 물었다.

"아니."

오경이 대답했다. 문득 그의 얼굴이 보고 싶었다. 그의 눈을 들여다보고 움직이는 입모양을 따라가며 이야기하고 싶다고 생각했다.

"그럼 이야기할래?"

"좋아."

그는 아직 목이 잠겨 있었지만 들뜬 목소리로 떠들기 시작했다.

"아까 낮에 까맣게 잊고 있었던 사람이 떠올랐어."

닭과 달걀에 대한 속담을 알려준 사람이 누구였는지 기억났다고 그는 말했다. 그 여자는 큰 키에 늘 검은색이나 회색 옷을 입어서 마치 뿌리 없이 서 있는 오래전에 죽은 나무나, 흙 위로 드러난 푸른 뼈 같았다고 그는 표현했다. 어째서 이렇게 다 죽음의 이미지일까, 그는 말하다 반문하기도 했다. 그 여자는 오경을 제외하면 그가 유일하게 알고 있는 북해 너머의 사람이었다.

"내가 열한 살 때, 마을이 반란군한테 점령당한 적이 있었어. 이렇게 말하면 무섭지만 좋은 사람들이었어. 몇 년째 가뭄과 홍수가 이어져서 나라 전체가 흉작인데다 당시 집권당 횡포가 심각했거든. 반란군들은 관공서를 점령하고 사람들한테 식량을 나눠줬어. 우리가 그 음식을 군인들에게 도로 빼앗기지 않도록 마을에 한동안 머물며 침략자 행세도 좀 했지. 그 여자는 반란군 중 한 명으로 우리 집에 임시로 거처했어. 겁먹은 어머니를 친구처럼 대해주려고 노력했던 것 같은데 별 소용은 없었어. 나이도 어머니보다 훨씬 많았지. 반란군이라고 믿을 수 없을 만큼 한가롭게 생활했는데 낮에는 나무가 우거진 어두운 숲을 느릿느릿 산책하고 석양이 지는 시간이면 호수를 가로지르는 물새처럼 숲에서 빠져나왔어. 등에는 항상 기다란 총을 메고 말이야. 나는 그때 총을 처음 봤어. 어느 날은 내가 신기해하는 걸 알고 총을 직접 한번 쏴보도록 자세와 호흡법을 알려줬어. 그 여자의 반란군 동료들이 나무 둥치나 돌 위에 앉아 내가 벌벌 떠는 모습을 구경했는데 여자는 내내 진지했어. 내 뒤에서 어깨에 손을 얹고 저기 저 나무를 똑바로 봐, 몸통 한가운데 움푹 파인 썩은 부분을 맞춰, 라고 지시했어. 왜 그랬는지 모르겠지만 나는 막상 판을 깔아주니 못하겠다고, 그만두겠다고 했어. 내가 몸을 막 비트는데 그 여자는 엄청난 힘으로 나를 붙잡고 그 자리에 똑바로 세워두었어. 그리고는 귓가에 속삭이는 거야. 나도 꼭 이런 숲에서 자랐어. 딱 저렇게 속이 다 곪아터진 나무를 골라 총알을 갈겼지. 하지만 나무는 쓰러지지 않고 내 총알을 다 먹어버렸어. 자 꾸물대지 말고 이제 어서 쏴! 그러자 나는 퍼뜩 놀란 사람처럼 방아쇠를 당겼어. 총알은 아주 엉뚱한 숲으로 날아갔지. 반란군들이 해적처럼 웃었어. 알고 보니 그 여자는 너희 나라 사람이었어. 어쩌다 P국의 반란군이 된 거냐고 내가 묻자 어깨를 으쓱이며 심심하게 말했어. 글쎄, 나는 북해를 떠돌고 있었던 것 같은데 어쩌다 여기까지 건너왔을까? 이젠 다 까먹어버렸어. 그리고는 자기 이야기를 가끔씩 들려줬지. 나는 그때까지 마을을 벗어나 본 적이 없었기 때문에 북해를 보지 못했는데 해변과 구름과 석양이 어떤지 이야기해준 사람도 그 여자였어. 내가 아는 가장 아름답고 신비로운 이야기를 들려준 사람인데, 나는 어떻게 그 기억을 까맣게 잊고 있었을까?"

미림

숲을 들여다보면 숲이 보였다. 숲속에는 또 다른 숲이 있고, 또 다른 숲이 있고, 무한한 숲이 있어서 밤이 내린 숲을 내다보던 미림은 문득 자신이 깊은 숲속에 영원히 갇혀버렸다는 사실을 깨달았다.

하지만 짧은 순간일 뿐이었다. 이내 그런 생각은 잊어버렸고 불과 조금 전까지 창틀을 붙잡은 채 돌아오지 않는 새를 걱정하고 있었다는 것을 기억해냈다. 초록색 깃털이 작은 몸을 감싸고 있는 예쁘고 무해한 새. 그 따뜻한 몸을 손으로 감싸면 놀랍도록 빠르고 연약한 심장 박동을 느낄 수 있었다. 새는 왜 돌아오지 않을까?

미림은 새를 찾으러 당장이라도 숲으로 달려가고 싶었지만 부모님은 당연히 어린 딸의 늦은 외출을 허락하지 않았다. 그래서 미림은 후드를 뒤집어쓰고 장갑을 끼고 창밖의 숲을 내다보았다. 그리고 때를 기다렸다. 숲속에 어스름한 새벽빛이 어리자마자 숲을 향해 뛰기 위해.

하늘을 가리는 키 큰 나무들은 움직이는 성벽처럼 미림을 에워싸며 따라왔다. 새를 찾아 헤매던 미림은 어느새 무언가에 쫓기듯 달리고 있었다. 새를 부르는 날카로운 휘파람 소리가 점점 가느다랗게 떨렸다. 구해달라는 호루라기 신호 같았다. 물에 빠져 버둥대는 사람처럼. 숨이 가빠왔다. 새를 찾아야 하는데. 미림은 생각했지만 어쩐지 새가 이미 죽어버렸을 거라는 예감이 머리를 떠나지 않았다. 왜 이런 무서운 생각을 하는 거야. 미림은 생각을 떨쳐버리려 했지만 그럴수록 생각은 부쩍부쩍 미림의 뒤를 따라잡았다. 미림은 자신의 생각 때문에 새가 죽어버릴까봐 두려웠다.

그때, 새빨간 털의 여우와 마주쳤다. 여우는 힘

껏 달리는 미림의 경로를 가로지르다가 미림을 멈춰 세웠다. 무언가를 안다는 듯이 길 위에 서서 미림을 바라보았다. 미림도 여우의 검고 축축한 눈을 들여다봤다. 둘의 거리는 겨우 세 걸음 반 정도였지만 서로 다른 세계에 서 있다는 것을 미림은 느낄 수 있었다. 여우는 짧은 주둥이에 미림의 초록색 새를 물고 있었고 새는 깃털 뭉치처럼 축 늘어져 있었다. 여우는 순식간에 방향을 틀어 그늘진 깊은 숲속으로 사라져버렸다.

미림은 집으로 돌아와 숲에서 본 붉은 여우에 대해 부모님에게 자세히 이야기했다. 그러자 아버지는 그렇게 활활 타오르는 것 같은 붉은 털을 가진 여우는 숲에서 나무를 베어온 수십 년 동안 한 번도 본 적이 없다며 고개를 저었다. 어머니도 마찬가지였다.

"그 붉은 여우를 총으로 쏴 죽일 거예요."

아침을 먹던 부모님은 잠시 어린 딸의 거친 언사에 놀라 식기를 든 손을 멈추고 말았다. 그러나 이내 이 순간을 대수롭지 않게 넘겨야 한다고 판단했다. 죽음의 의미를 잘 모르는 순진한 아이에게 충격을 주어서는 안 되었다.

어머니가 물었다.

"여우가 밉니?"

"네."

"왜 미운데?"

"그 여우를 떠올리면 증오를 느껴요."

어머니는 어린 딸이 사용하는 '증오'라는 단어가 귀여웠고, 이때 아이를 향한 부드러운 사랑을 느꼈다.

"그래서 죽이고 싶고?"

"맞아요."

"하지만 여우를 죽이고 나면 정말 그 증오가 사라질까?"

"죽여봐야 아는 거면 죽이는 게 나아요. 이렇게 가만히 있는 걸 견딜 수 없어요!"

어머니는 참지 못하고 미림을 품에 끌어안고 코끝을 간지러운 머리카락 속에 비벼댔다.

"얘야, 정말 '복수'의 의미를 정확히 알고 있구나!"

미림은 그 자리에서 사냥꾼이 되겠다고 선포했

다. 아버지는 5년 뒤 미림이 열다섯 살이 되면 총을 쏴보도록 빌려주겠다고 약속했다. 미림은 기뻐서 아버지의 목을 끌어안았다.

그날 밤 미림은 5년 뒤 자신이 붉은 여우에게 끔찍한 벌을 주는 상상에 푹 빠졌다. 죽은 새에 대해서는 더 이상 생각하지 않았다.

미림은 총이 없어도 틈만 나면 사냥감을 찾아 숲속을 헤맸다. 잿빛 토끼, 다람쥐, 어미와 아기 사슴, 부엉이, 살쾡이를 마주친 적은 있지만 귀신에 씌었던 것처럼 붉은 여우는 나타나지 않았다. 붉은 여우를 다시 본 것은 두 해가 지난 겨울이었다. 미림이 높은 산마루에서 눈 내린 설산을 내려다보는데 저 아래 언 개울을 지나가는 붉은 여우가 있었다. 여우는 온통 새하얀 세상에 뻥 뚫린 붉은 구멍 같았다. 신기하게도 여우는 미림의 눈빛을 느낀 것처럼 정확히 미림이 있는 쪽을 한번 쳐다보았다. 그리고는 다시 자신이 가던 길을 바라보며 유유히 사라졌다.

붉은 여우를 또다시 본 것은 해가 바뀐 여름이

었다. 이번에는 미림 혼자가 아니었다. 당시 미림에게는 두 명의 친구가 있었는데 한 명은 교회 목사의 딸이었고, 또 다른 한 명은 P국에서 온 외지인 가족의 막내아들이었다. 마을 아이들은 어른들이 흔히 그러는 것처럼 서로를 서로의 집으로 부르길 좋아했다. 목사님 딸은 십자가집이라고 불렀고, 외지인 아들은 뗏목집이라고 불렀다. 그 집 사람들은 마을 사람들 대부분이 종사하는 벌목 일 대신 통나무를 강에서 북해 항구로 나르는 뗏목을 저었기 때문이었다. 마을 사람들 대부분이 교회에 다녔지만 미신 역시 철석같이 믿었고 외지인들이 숲의 나무를 베도록 허락하지 않았다. 그 나무들에는 조상들의 영혼이 깃들어 있다고 여겼다. 하지만 그건 어른들의 일이었다. 아이들은 서로를 뗏목집, 십자가집이라고 불렀고 미림을 오두막집이라고 불렀다. 미림의 집은 마을에서 더 깊은 숲으로 외떨어진 통나무 오두막이었다. 숲의 아이들답게 세 아이의 집이 모두 나무였다.

세 친구가 어린 묘목 숲을 지나갈 때 눈이 부실 정도로 싱그럽게 반짝이는 어린 잎사귀들의 초록 사이로 붉은 여우가 나타났다. 이번에는 눈이 마주치자 여우가 달아나기 시작했다. 반사적으로 미림은 여우를 쫓아갔고 두 친구도 미림을 따라 좁은 숲길을 달렸다. 하지만 여우는 순식간에 사라져버렸다.

"나는 보지 못했어."

십자가집이 새침하게 말했다.

"너는?"

미림이 뗏목집에게 물었다.

"나는 봤어."

"정말?"

그 애가 고개를 끄덕였다.

"새빨간 여우."

미림은 기뻐서 제자리에서 펄쩍펄쩍 뛰어올랐다. 그날 두 친구는 미림과 함께 그 붉은 여우를 잡기로 약속했다. 뗏목집은 여우가 벌을 받아 마땅하니까 잡겠다고 했고, 십자가집은 여우가 진짜 있는지 보고 싶어서 동참하겠다고 했다. 그날부터 셋은 숲을 누비며 새총으로 작은 들짐승과 새들을 잡기 시작했다. 서로의 사냥 솜씨와 용맹함을 자랑했다.

세 아이는 죽은 사람은 아니었지만 숲의 나무를 하나씩 차지하고 자기 것으로 정했다. 나란히 선 세 나무에 각자의 이름을 새겨두고 사냥이 끝나면 다가가 나무를 몇 번 쓸어주었다. 사냥을 하는 동안에 떨리고 긴장했던 마음을 달래주듯이.

하지만 그 세 나무는 철도가 들어서며 모두 베어졌다. 숲을 가로지르는 기차가 생겼고 그 주변 숲이 점차 헐리기 시작했다. 숲을 밀고 들어오는 도시의 냄새에 숲의 사람들은 심드렁한 표정을 지었지만 속으로는 당황한 채 딱딱하게 굳어 있었다.

어느 날 미림이 숲에서 새총으로 작은 새 두 마리를 잡아왔는데 식탁에 앉은 아버지가 불러도 돌아보지 않았다. 미림은 식탁 위에 새를 내려놓고 아버지의 어깨를 쓸며 무슨 일이 있느냐고 물어보았다. 아버지는 그제야 고개를 돌려 미림의 얼굴을 멍하니 한번 바라본 뒤 식탁을 내려다봤다. 그리고 어머니가 기차에 치여 죽었다는 소식을 전해주었다. 경찰들이 다녀갔고 어머니가 피할 수 있는 충분한 시간이 있었음에도 철로 옆에 붙박인 채 꼼짝없이 멈춰 있었다는 목격자의 증언도 전해 들었다고 했다. 그런 이야기를 하는 아버지는 내내 식탁 위에 죽은 새들을 바라보고 있었다. 미림도 그 새들을 바라보며 생각했다. 내가 언제부터 새를 사냥했을까?

어머니의 장례를 치를 때까지 아버지는 꽤 괜찮아 보였다. 그러나 실은 그렇지 않았다. 아버지의 상태를 보겠다고 집으로 찾아온 벌목공들 중 누군가가 이게 다 문명이 발전하는 과정에서 생기는 해프닝이라는 말을 입에 담은 순간 아버지는 그 남자에게서 등을 돌리고 도망치듯이 달려 나갔다. 그리고는 순식간에 헛간에서 총을 가져와 그 남자의 머리를 누르고 무릎을 꿇게 한 뒤 그가 빌도록 만들었다. 남자는 계속 빌었고 건장한 벌목공들이 주변에서 두 손을 위로 치켜든 채 아버지를 불렀지만 아버지는 듣지 않았다. 다시 빌어, 다시 빌어, 하고 반복해서 가차 없이 명령할 뿐이었다.

미림은 붉게 충혈된 눈으로 울고 있는 아버지에게 다가가서 조용히 말했다.

"총을 제게 주세요."

아버지는 바닥에서 빌고 있는 남자만을 무시무시하게 노려볼 뿐 꼼짝도 하지 않았다.

"제게 주시기로 하셨잖아요. 열다섯 살이 되면."

그제야 아버지는 딸이 그 거실에 있다는 것을 안 듯이 고개를 돌렸다. 아버지는 혼란스러운 표정으로 눈앞에 훌쩍 자란 딸과 그 옛날 붉은 여우를 죽이겠다고 흉포하게 말하던 어린 딸을 함께 바라보고 있었다. 미림은 한 손을 앞으로 내밀었다. 아버지는 잠시 머뭇거렸지만 이내 딸과의 약속을 지켰다.

그 후로 총은 미림의 것이 되었다. 이런 식으로 받고 싶었던 건 아니었는데……. 미림은 혼자 총을 들고 숲으로 가 총을 쐈다. 나무를 맞출 때도 있었고 가죽과 고기를 팔 수 있는 짐승을 잡을 때도 있었다. 그 돈으로 총알을 사고 다시 숲을 향해 총을 쐈다.

도끼 한 자루로 30미터짜리 나무도 거뜬히 베어버리던 아버지는 어머니의 죽음 이후 점차 야위어갔다. 더 이상 예전의 원기 왕성한 모습이 아닌 것은 누구나 한눈에 알 수 있었고 이 남자가 죽어 간다는 것 또한 입 밖으로 꺼내 말하지 않았을 뿐 다들 알고 있었다. 딱히 병명이랄 것도 없이 죽어 가는구나. 이름도 없는 죽음. 미림은 생각했다. 그래도 아버지는 미림이 뗏목집 아들과 결혼할 때까지는 버텨주었다. 아이가 태어날 때까지는 버티지 못했지만……. 아이는 아버지가 돌아가신 유난히 혹한이었던 겨울이 지나고 이듬해 봄에 태어났다.

남편은 그의 아버지처럼 뗏목 사공 일을 했는데 미림은 어느 날 수상함을 느끼고 몰래 그의 뒤를 밟았다. 근래 통나무를 싣고 항구로 나갈 때 이런 저런 이유로 하루를 지체하고 돌아온다든가, 아니면 항구로 떠나기 전날 뗏목에 실을 통나무 주변을 자꾸 어슬렁거린다든가 하는 행동에는 분명 숨기는 무언가가 있다고 미림은 생각했다.

뜻밖에 남편과 숲속에서 은밀하게 만나고 있던 사람은 그들의 소꿉친구 십자가집 딸이었다. 미림이 나타나자 십자가집 딸은 남편에게 건네고 있던 편지를 등 뒤로 숨겼다. 미림은 어둠 속에서 조금 더 그들 가까이 다가가 조용히 총을 보여주었다.

손을 내밀고 기다리자 그녀의 오랜 친구는 순순히 그 편지를 내어주었다.

그 편지는 그 애의 아버지, 그러니까 마을 교회의 목사가 다른 도시 종교 지도자들에게 도움을 요청하는 탄원서였다. 철도 회사의 횡포로 숲이 없어질 위기에 처했고 그렇게 된다면 숲에 사는 사람들은 모두 고향을 잃고 정처 없이 떠돌게 될 거라는 내용이었다. 또한 힘을 가진 그들이 사람들을 협박하고 착취하고 원하는 목적을 위해서라면 무서운 짓도 서슴지 않는다는 내용도 담겨 있었다. 목사와 마을 일부 지도자들은 숲과 사람들을 도와줄 만한 곳을 애타게 찾고 있었다.

"이걸 왜 네가 받아?"

남편은 미림의 팔을 살짝 붙들었다. 미림은 그의 유약하지만 결연한 얼굴에서 어린 날 함께 여우를 잡아주겠다고 말하던 선한 얼굴을 발견했다.

"마을과 도시를 항상 오가는 사람은 나니까, 그들 눈에 띄지 않게 편지를 옮길 수 있어."

"그러니까 네가 왜? 위험질 수도 있는데."

"누군가는 이 편지를 전해야 해."

그는 잠시 분노와 슬픔으로 잔뜩 일그러진 미림의 표정을 읽었다. 그리고는 안타까워하는 목소리로 천천히 말했다.

"나는 대단한 사람이 아니라서 지금 일어나고 있는 일들에 대해 잘은 모르지만 이 편지는 전해져야 한다고 생각해. 그게 정의인 것 같아."

"이 편지에는 네 이름이 적히지도 않았어."

"그런 걸 바란 적은 없어."

"모든 게 잘 되어도 너는 잘못될 수 있어. 그런 걸 바라는 거야?"

미림은 너는 죽을 수도 있어, 라는 말은 속으로 삼켰다. 하지만 그 무서운 말은 이미 미림의 속에서 울창하게 자라나 세상에 존재하는 말이 되었다. 너는 죽을 수도 있어. 미림은 원하지 않았음에도 자꾸 그 말을 되뇌었다. 자신이 한 말 때문에 그가 죽어버릴까봐 겁이 났다.

"잘 모르겠어. 하지만 내가 그렇게 하고 싶어."

그는 두 팔로 미림을 완전하게 꽉 끌어안았다. 둘의 심장이 밀착된 채 쿵쾅거렸다. 사람의 마음을 추동하는 것은 무엇일까. 그때 미림은 생각했다. 이토록 그가 그것을 원한다고 믿게 하는 힘은. 그는 이해해달라는 듯, 같은 마음이 되어달라는 듯, 점점 더 미림에게로 파고들었다. 하지만 오히려 미림은 그와 한 몸이 되어 뒤엉킬수록 그와 자신이 영원히 서로의 고통을 온전히 알 수 없는 가여운 존재들이라는 사실을 더 분명하게 깨달았다.

그는 결국 어느 날 다 타버린 뗏목과 함께 떠내려 왔다. 미림이 강 위에서 활활 불타고 있는 뗏목을 향해 달려갔을 때, 강가에 모여서 불타는 뗏목을 구해주지 않고 자신의 안온한 위치에서 웅성거리기만 하는 사람들을 헤치고 나아갔을 때, 이미 모든 것은 끝나 있었다. 자, 봐. 아무도 너를 구해주지 않아. 그런데 너는 대체 무얼 구하겠다는 거야? 미림은 그의 시체를 놓아주고 돌아서서 사람들 사이에 서 있는 십자가집 딸을 단번에 찾아냈다. 그에게로 다가가 밀어 넘어뜨리고 주먹질을 했다. 십자가집 딸은 조금 맞다가 미림을 거세게 밀치고 때리며 소리쳤다.

"날 건드리지 마! 다 죽여버릴 거야!"

미림은 오두막에서 아이를 혼자 키웠다. 남편이 죽은 이후 마을 사람들과 거의 교류하지 않았다. 숲과 철도의 일도 몰랐다. 사냥감을 팔고 음식을 사올 때를 제외하면 고립된 생활을 했다. 하지만 그 시간이 괴롭기만 한 것은 아니었다. 오히려 미림은 아이와 함께할 때, 아이가 자라고 스스로 생각하고 사랑하는 것을 가려낼 때 벅차오르는 마음을 느꼈다. 아이가 숲의 작은 일부에 감동을 느낄 때 미림이 평생을 살아온 숲은 낯설고 신비로운 우주가 되었다.

하루는 아이가 나비를 보고 울음을 터뜨렸다. 다가가 아이를 달래주고 차근차근 물어보니 나비가 너무 가엾다는 것이었다.

"나비가 왜 가여운데?"

미림이 물었다.

"자꾸 변해요. 지금이 아니에요."

아이가 아직 논리적으로 말할 줄 모르던 때였다. 미림은 그 순간 옛날 어머니가 자신을 품에 끌어안고 귀여워 어쩔 줄 모르던 표정을 기억해냈다. 그 시절에는 한 번도 어머니의 표정을 그런 식으로 이해해본 적이 없었지만 별안간 그것을 알게 되었다. 그러자 이상하게도 위로를 받았다. 자신이 알지도 못했던 상처였고 그게 어루만져졌다는 것을 알 수 있었다. 그게 아이가 만들어내는 기적이었다.

시간이 흐른 어느 날 미림이 토끼 한 마리를 사냥해 돌아왔을 때 아이가 침대 위에 축 늘어져 있었다. 미림은 기묘한 기시감을 느끼며 불안해졌다. 하지만 아직 스스로 그 감정의 정체를 알아채지는 못했다. 아이에게는 열이 좀 있었고 기운이 없는지 자꾸 잠에 빠졌다.

미림은 약과 음식을 구하기 위해 마을로 내려가서야 사태를 파악했다. 역병이었다. 식료품점도 약방에도 살 수 있는 물건이 남아 있지 않았다. 모든 가게가 텅 비어 있었다. 미림은 거리에서 마주치는 아는 얼굴들을 닥치는 대로 붙잡고 도움을 청했다. 약과 음식을 구할 수 있겠냐고, 아이가 아프다고 사정했다. 어떤 이는 자신이 처한 곤경과 도움을 줄 수 없다는 미안함에 미림 앞에서 울음을 터뜨려버렸고, 다른 이는 넋이 나간 채 터덜터

덜 걷다가 앞을 가로막은 미림을 모르는 사람처럼 싸늘하게 바라봤다.

미림은 마을에서 아무것도 구하지 못한 채 원래 자신의 손에 들려 있던 죽은 토끼 한 마리를 들고 집으로 돌아왔다. 그러나 문 앞에 이르러서는 죽음을 들고 집 안에 들어가는 것이 꺼림칙해 토끼를 밖에 걸어둔 뒤 들어갔다. 아이의 상태는 더 심각해져 있었다. 땀을 너무 많이 흘렸고 몸은 불덩이 같았다. 미림은 아이의 몸을 시원하게 해주어야 할지 따듯하게 해주어야 할지 몰라 갈팡질팡했다. 아이는 이름을 계속 불러도 깨어나지 못했다. 미림은 침대 곁에 무릎을 꿇고 앉아 기도하기 시작했다. 아이를 살려달라고. 자신이 잘못했다고 빌고 또 빌었다. 자신의 마음에 자리한 깊은 분노와 원한을 알고 있다고 고백하며 미림은 처음으로 자신의 그런 마음을 깨달았다. 그러자 자신이 할 수 있는 가장 진실된 말이 무엇인지 깨달았다.

아이는 죄가 없어요. 아이는 죄가 없어요.

어느 순간 정신을 차려보니 미림은 열로 들끓는 아이의 이마에 손을 얹고 있었다. 아이는 며칠째 고열에 시달리며 정신을 잃었다 차리기를 반복하고 있었고, 불과 조금 전에 자신이 아이에게 잠들면 안 된다고 타일렀던 것을 가까스로 기억해냈다. 그리고 동시에 미림은 자신의 기구한 운명에 대해 생각했다. 어디서 시작되어 어디서부터 헤매게 된 건지 알 수 없는 깊은 미로에 대해. 하지만 그보다 전에 무언가를 잊은 것 같은데, 아니 무언가를 알게 된 것 같은데 그게 무엇인지 잘 떠올릴 수 없었다.

"잠들면 안 돼."

미림은 아이를 다시 한 번 불렀다. 아이의 연한 갈색 눈동자는 붉게 부은 눈꺼풀에 반쯤 가려져 있었다. 하지만 분명히 정신이 있었고 아이는 고맙게도 작게 고개를 끄덕여주었다.

"그래, 아가."

목소리가 나오지 않는 아이의 하얗게 부르튼 입술이 엄마, 하고 부르는 것을 보고 미림은 아이의 입가에 귀를 가져다댔다. 아이의 목소리가 가느다랗게 이어지는 숨처럼 들려왔다.

"무슨 생각해요?"

아이가 물었다.

"네가 아직 태어나기 전에, 너를 만나기 위해 기다리던 일들을 생각하고 있어."

아이가 힘겹게 뜨거운 숨을 뱉어냈다. 아직 미림을 바라보고 있었다. 그 애가 정신이 있고 이야기에 집중할 수 있는 상태라는 것에 미림은 안도했다. 아이는 이야기를 좋아했다. 미림은 물수건으로 아이의 목과 얼굴을 닦아주며 조용하게 속삭였다. 아이가 사랑하는 숲의 이야기였다.

그때 바깥에서 무슨 소리가 들렸다. 미림은 총을 들고 밖으로 나왔다. 문 앞까지 다가오지 못하고 멀찍이 서 있는 사람은 십자가집 딸이었다. 목사의 딸. 나의 원수.

"썩 꺼져. 쏴버리기 전에."

미림이 총을 겨누며 말했다.

"음식을 가져왔어. 배가 고플 것 같아서. 해열제도 조금 있어."

그 애는 손에 들고 있던 바구니를 천천히 땅에 내려놓고 "제발 받아줘." 하고 조그맣게 말했다.

미림은 그 바구니를 삐딱하게 바라보다가 총을

휘저어 놓고 떠나라는 의사를 전했다. 그 애는 그제야 웃으며 고개를 끄덕였다. 그 애가 나무 너머로 사라진 것을 보고 바구니를 들여다보니 과일과 종이에 싸인 고기 한 덩이가 있었다. 옆에 하얀 약통도 보였다. 그때 돌아간 줄 알았던 십자가집 딸이 빠른 속도로 달려왔다. 미림이 망설이는 사이 다가와 미림의 얼굴을 가슴에 끌어안았다.

"힘들어 보여."

그 애는 울고 있었다.

"다 잘될 거야. 괜찮을 거야."

"그래."

미림이 결국 대답했다.

"괜찮을 거야."

미림이 다시 오두막으로 돌아왔을 때 아이가 깨어나 베개에 등을 기대고 앉아 있었다. 앓기 시작한 며칠 만에 처음으로 스스로 몸을 일으킨 것이었다. 미림은 침대로 다가가 그 놀라운 기적을 바라봤다. 미림이 아는 모든 기적은 아이에게서 일어났다.

"괜찮니?"

"제가 왜 여기 있어요?"

아이가 물었다. 미림은 금세 불안해졌다.

"여기가 우리 집이잖니."

"사람들은요?"

"어떤 사람들을 말하는 거니?"

"모두 여기 있었는데, 왜 다 사라졌지."

미림은 아이가 너무 아파 헛소리를 한다고 생각했다.

"여긴 우리 둘뿐이야."

"아니에요."

아이가 미림의 눈을 똑바로 바라봤다. 얼굴은 창백하고 투명했다.

"뒤섞여 있어요. 엄마도 알고 있잖아요."

"목마르지 않아? 물을 줄까?"

아이는 미림의 얼굴을 계속 보다가 눈을 돌려 익숙한 오두막 집 안의 풍경을 가만히 훑어봤다. 그러더니 아, 하고 어떤 기억을 더듬기 위해 생각에 잠겼다. 미림이 숨을 참으며 기다리고 있을 때 아이가 말했다.

"네. 물 좀 주세요."

미림은 물을 한 컵 주었다. 아이는 물을 꿀꺽꿀꺽 남김없이 모두 삼키고 컵을 미림에게 돌려주었다. 그것을 침대 옆 협탁에 내려놓으며 미림은 아이의 얼굴에서 어떤 기미를 읽으려고 노력했다. 지금 무슨 일이 일어나고 있는 걸까? 직감적으로 아이가 무슨 말을 하려 한다는 것을 알았다. 아이는 미림의 눈을 가만히 바라보다가 천천히 입술을 열었다.

"엄마."

"그래."

그리고 아이가 들려준 이야기는 듣고도 믿기 힘든 이야기였다. 아이는 자신의 전생에 대해 말했다. 아이는 자신을 북해의 왕이라고 믿고 있었다. 아주 오랜 옛날부터, 그러니까 거의 천 년에 가까운 세월 동안 이리저리 흘러 다니며 세상을 떠돈 왕이라고 했다. 아이는 그것을 자라면서 조금씩 기억해냈고 이제 그 이야기를 할 수 있다고 미림에게 말했다.

북해의 슬픈 왕

처음에 왕은 북해 깊숙한 곳에 깃들어 있던 정령이었다. 형체도 색도 없는 영혼 이전의 상태로 깊은 잠에 빠져 있었다. 그러던 어느 날 깜깜한 심해 속으로 누군가의 숨이 불어 들어왔다. 왕은 그 물거품을 타고 바다 위로 올라왔다. 한동안은 가볍고 따뜻한 공기에 실려 이리저리 세상을 원 없이 구경했다. 세상에는 많은 사람들이 저마다의 궤적으로 벽과 길을 만들며 살아가고 있었다.

왕이 처음으로 깃든 사람은 한 여왕이었다. 그녀에게는 사랑하는 어린 딸이 있었는데 그 딸을 너무 사랑한 나머지 신하들에게 딸이 마음껏 숨고 놀 수 있는 커다란 미궁정원을 만들라고 명령했다. 단지 장미넝쿨이 아름답게 정돈된 미궁정원 안에서 딸과 즐거운 시간을 보내고 싶었다. 하지만 여왕이 미처 계산하지 못한 것은 딸이 그대로 멈춰 있지 않고 계속해서 자란다는 사실이었다. 공사가 진행되는 동안 딸은 미궁보다 앞서 훌쩍 자라버렸고, 결국 어머니와 사이가 틀어지자 딸은 왕위를 찬탈했다.

왕이 된 딸은 미궁 안에 높은 탑을 쌓아 자신에게 반하는 죄인들을 가두는 감옥으로 만들었다. 그들이 울고 빌며 고통 속에 죽어가도록 내버려두었다. 아무도 찾지 않는 탑을 둘러싸고 있는 미궁정원은 가지와 잡초가 무성하게 자라 숲이 되었다. 이제 그 안엔 복잡하고 재미있는 길이 다 사라지고 없었다. 딸은 어머니가 선물한 미궁정원을 까맣게 잊고 한 번도 찾지 않았다. 하지만 죽기 전에는 자신의 과오를 후회하며 탑 옆에 나란히 어머니와 탑에 갇혔던 죄인들을 기리는 위령탑을 지으라 명령했다. 똑같은 모양의 탑이 죄의 대가가 될 수 있다고 믿었다. 그러나 딸은 미처 자신이 늙

어간다는 것을 생각하지 못했고 위령탑이 지어지기 전에 죽고 만다.

왕이 죽고 난 뒤에도 위령탑의 종을 만들던 장인은 종 만들기를 이어갔다. 그는 그 후 왕이 세 번이나 바뀌는 동안에도 종을 완성하지 못했다. 스스로 종소리에 도저히 만족하지 못하고 매번 종을 부수고 다시 만들었기 때문이었다. 새로운 배합으로 주물을 만들고, 그 종을 부수고, 다시 만들고, 다시 부수기를 반복했다. 그는 종 만들기의 장인이었지만 평생 종을 부쉈기 때문에 종 부수기의 장인도 되었다. 긴 세월 동안 종탑 곁에 산 백성들은 종소리라곤 들어보지도 못했고 다만 종을 만들고 부수는 소리만 지겹도록 들었다. 백성들은 누구나 종이 부서지는 소리를 듣고 종을 구별하는 장인들이 되었다. 누군가는 이토록 긴 시간에 갇힌 반복됨이야말로 원혼들을 달래는 위령탑에 어울리는 종소리라고 믿었다. 장인은 결국 종을 완성하지 못하고 병이 나 죽었다.

세월이 흘러 전쟁이 났을 때 높은 성벽과 우거진 숲으로 둘러싸인 두 탑은 요새가 됐다. 전쟁이 지속될수록 장벽은 길어지고 겹겹이 둘러지며 거대해졌다. 이때 군 지휘관의 마음에 깃들었던 북해의 왕은 이렇게 장벽을 세우고 넓히다가 마침내 모든 세상을 감싸는 하나의 벽을 쌓으면 전쟁이 없는 하나의 나라가 될 것이라고 생각했다. 그래서 방어하기 위한 목적으로 머물던 요새를 버리고 더 멀리 더 넓은 땅으로 정복전쟁을 떠났다. 그는 군대를 이끌고 매번 승전보를 울렸고 국토는 한없이 넓어져 북해를 건너, 북해를 에워싸는 거대한 제국이 되었다. 지휘관은 그 사이 황제가 되었고, 노인이 되었다. 그는 문득 뒤를 돌아보았는데 자기가 처음 출발했던 곳이 어디였는지 기억나지 않았다. 그가 사랑하고 반드시 지키고 싶었던 무언가가 있었는데 정작 황제가 된 지금 그것이 무엇인지 기억하지 못했다. 돌아가겠다고 마음먹었지만 그에게 남은 시간은 그가 정복한 땅보다 조금밖에 남아 있지 않았다. 그도 죽었다.

전쟁이 끝나고 풍요로운 시기가 왔을 때 전쟁이 남긴 흔적들, 나라 곳곳에 남아 있는 거대한 문과 장벽들은 호화로운 성으로 탈바꿈했다. 나라의 재상은 이 평화를 만끽하기 위해 성에서 연일 연회를 열고 음식을 준비하고 아름다운 음악과 꽃, 보석, 그림, 조각상들로 삭막한 성을 가득 채웠다. 모든 것이 가득 찬 세상에 사람들은 감탄하고 기뻐했지만 점차 그들의 마음에 빈 공간이 생겼다. 그 텅 빈 공간은 스스로가 비어 있음을 자각하며 생겨나고, 일단 한번 알게 되면 심연 깊숙한 곳에 박혀 사라지지 않았다. 마치 처음 북해의 왕을 찾아왔던 한 숨의 공기 방울처럼. 재상은 사람들의 마음에 구멍이 난 것, 그리하여 그들에게 영원히 안정될 수 없는 불안을 알게 한 것 때문에 슬픔에 잠겼다. 나라 안의 모든 사람들이 향락과 폭력으로 자기 주변은 물론 자기 자신까지 파괴하고 있었다. 태평성대를 이끈 재상은 정치에서 물러나 종교에 귀의한 뒤 죽었다.

흔들린 민심 속에서 구원을 얻고 싶었던 사람들은 호화로운 성을 교회에 바쳤다. 값비싸고 화려하지만 너무나 가득 차 기괴하게 보이던 성들은 성스러운 성당이 되었다. 성당의 공사를 위해 자원하는 봉사자들로 성당 앞은 사람이 끊이지 않았다. 사람들의 마음은 하나가 되었다. 교황은 이 갸륵한 사람들의 마음을 신께 닿도록 하는 것이 자신의 의무라고 생각했다. 그는 더 높게, 하늘에 닿을 만큼 높게 성당을 쌓아 올렸다. 그러자 사람들은 서로를 잘 보지 못했다. 사람의 눈은 위나 아래가 아니라 옆을 보도록 되어 있었고, 신께로 향하는 높은 길에 선 사람들은 아무리 옆을 둘러봐도 곁에 있는 사람을 찾을 수 없었다. 타인들은 누구나 잘 보기 어려운 자신의 위나 아래에 있었다. 교황은 그것을 인정하고 싶지 않아서 성당 주변에 더 높은 탑을 쌓으라고 명령했다. 그 탑에 벽돌을 올리다가 많은 사람들이 죽었다. 교황은 눈을 감은 채 기도했고 끝내 그들을 보지 못하고 죽음을 맞이했다.

세월은 계속 흘러 미궁과 탑과 요새와 성과 성당은 모두 다른 것으로 변하거나 무너졌다. 벽이 있던 자리에는 부서지고 마모된 벽의 파편들이 수수께끼 같은 모양으로 흩어져 있다. 더 이상 안과 밖의 경계는 구분되지 않는다. 나라의 국경도, 적군과 아군의 후손도 뒤섞였다. 모두 다 폐허가 되어 그 터가 남았을 뿐이다. 누군가 그 터를 바라보며 이곳은 무엇이 있던 자리고 누가 왜 만든 것이냐고 물었지만, 아무도 그곳에 있던 것이 무엇이고 누가 만들었으며 그것을 만든 이유가 무엇이었는지 알지 못했다. 그 모든 시간을 지켜본 북해의 왕은 슬픔에 잠겨 이제 어디에도 깃들지 못하고 폐허를 떠돌았다. 어떤 삶도 슬프지 않은 것이 없었다.

그러다 폐허가 된 도시 한 골목에서 홀로 죽어가는 노인을 보았다. 그는 곧 죽을 운명이었다. 천 년 동안 세상을 떠돈 북해의 왕은 갑자기 자기 안에서 샘솟는 낯선 감정을 느꼈다. 그것은 다름 아닌 깊은 연민이었다. 북해의 왕은 그 노인을 알고 있었다. 그는 오랜 옛날 성당에 벽돌을 옮기다가 떨어져 평생 다리를 절게 된 아이였다. 북해의 왕은 노인에게서 아이를 볼 수 있었기에 점점 슬퍼졌다. 그 노인을 그냥 지나칠 수 없어 그의 마음에 잠시 깃들었다. 그와 한마음이 되었다.

노인은 눈을 뜨고 지금 가장 보고 싶은 사람을 떠올렸다. 그는 더 이상 그 사람에게까지 갈 만한 힘이 남아 있지 않았다. 하지만 다시 눈을 감았을 때 자신이 그 사람을 사랑하고 있다는 것을 깨달았다. 노인은 한 발자국도 움직이지 않고 사랑에 도달했다. 그가 수십 년의 미로를 헤맨 뒤 알게 된 사랑이었다. 그는 감사를 느꼈다. 신이 있다면 그에게 감사한다고 속으로 되뇌이고 되뇌이다 죽었다.

북해의 왕은 노인에게서 빠져나와 죽은 그를 보았다. 왕은 천 년의 세월 동안 자신이 유일하게 이 한 사람만을 구원했고 처음으로 신이 되었다는 것을 깨달았다. 자신을 움직인 연민 끝에 신이 깃들었다는 것을 알았다. 북해의 왕은 슬픔을 느꼈고 이제 자신이 깃들어야 할 곳을 알았다.

미림

이야기를 마치고 아이는 물을 좀 달라고 했다. 미림은 아이에게 물을 주었다. 아이는 두 손으로 큰 컵을 쥐고 천천히 신중하게 물을 마셨다.

"더 줄까?"

"네, 더 주세요."

미림은 연거푸 물을 마시는 아이의 가느다란 목을 바라봤다. 살갗 위로 도드라진 작은 뼈와 목울대의 근육이 움직이는 모습을 지켜보며 두려움을 느꼈다. 어느새 아이는 물을 다 마시고 슬픈 눈으로 미림을 바라봤다. 미림은 고개를 내젓고 싶은 충동을 느꼈다. 하지만 아이는 안아달라고 말했다.

"안아주세요."

아이가 다시 한 번 말했고 미림은 아이를 안아주었다. 너무나 작고 가벼운 몸이어서 정말 아이가 품 안에 있다는 것이 믿기지 않았다. 하지만 떨리는 손을 뻗어 그 등과 허리와 조그마한 머리를 쓸어주었다. 그러자 아이는 흡족하게 몸의 힘을 쭉 빼며 하품을 했다.

"졸음이 와요."

미림은 이번에야 말로 고개를 가로젓고 싶었지만 아이는 벌써 눈을 내리감으며 속삭이고 있었다.

"잘게요."

미림은 아이의 감은 눈 위로 이마를 쓸어주고 이불을 가슴까지 가지런히 덮어주었다. 그리고 고요한 아이의 모습을 곁에 앉아 지켜봤다. 아침이 올 때까지 그 자리를 꼼짝 않고 지켰다. 아이를 흔들어보지 않아도 완전히 떠났다는 것을 알 수 있었다.

한참 시간이 흐른 뒤 미림은 혼자 오두막 밖으로 나왔다. 숲속에서 밀려온 서늘한 냉기가 뜨거운 얼굴에 와 닿았다. 손에는 총이 들려 있었다. 어째서 나는 늘 손에 총을 들고 있을까. 미림은 생각했다. 무엇을 쏘려고?

그때 붉은 여우를 보았다. 여우는 소리도 없이 문 옆에 매달아놓은 죽은 토끼를 낚아채 입에 물고 미림의 반응을 신중하게 관찰하고 있었다. 검고 축축한 눈. 스스로도 알지 못하는 미림의 마음이 움직이는 방향을 포착하는 눈.

미림은 여우에게로 총을 겨눴다. 여우는 이제 예전의 활활 타오르는 붉음을 잃고 거의 잿빛으로 바래 있었다. 어쩌면 처음부터 여우는 잿빛 털을 가지고 있었을지도 모른다. 여우는 가느다랗고 탄성 있는 네 개의 다리로 땅을 단단히 딛고 등을 둥글게 만 채로, 언제든지 어느 방향으로든 튀어오를 태세로 미림을 지켜보고 있었다. 미림의 눈에 여우는 이제 숲으로 보였다. 녹음 속에서 어느 날 돌연하게 튀어나온 붉은 여우가 아니라 위태롭게 사라져가는 숲의 일부. 아이는 언제나 숲을 사랑했고 사실 미림도 언제나 그랬다. 여우는 숲이었다.

미림이 서서히 총을 내리자 여우는 경계하듯 제자리에서 원을 그리며 한 번 돌았다. 그리고는 펄쩍 뛰어 단번에 저만큼 멀어졌고 이내 숲 속으로, 처음 여우가 왔던 그곳으로 다시 멀어졌다. 미림은 불현듯 아주 오랜만에 자신의 작은 새를 떠올렸다. 새를 잃은 날 작은 새는 미림을 등지고 거침없이 숲을 향해 펄펄 날아갔고 이윽고 작은 점이 되어 사라졌다. 어느새 혼자 남겨진 미림은 하염없이 숲을 바라보고 있었다. 이제 미림은 그 새가 파란색이었는지, 초록색이었는지 도무지 기억나지 않았다.

오경

"혹시 얇은 천이 있어? 붕대로 쓸 만한……."

군인이 말했다.

"왜?"

"철사에 다리가 긁혔나봐."

오경은 고개를 들어 자신을 둘러싸고 있는 공간, 이제 막 햇살이 스며들어 겨우 윤곽을 분간할 수 있게 된 자신의 좁은 관을 둘러보았다. 그가 이야기하는 동안 아침이 밝았다. 오경은 문득 손을 내려다봤다. 철사로 만든 꽃은 밤새 오경의 손에 쥐어져 있었다. 그것은 오경이 캄캄한 어둠 속에서 상상했던 것과 꼭 같은 모양이어서 마치 군인이 준 것이 아니라, 오경의 마음이 기나긴 꿈을 헤치고 출렁이다가 파도가 솟아오르는 바다 위에서 피워낸 꽃 같았다.

"잠깐 기다려봐."

오경은 수로를 감싸는 희미한 빛에 의지해 입고 있던 겹겹의 옷들을 하나씩 벗었다. 오경의 옷도 있고 우습게도 언니들의 옷도 모두 골고루 섞여 있었다. 유령이 된 언니들이 남긴 허물 같다고 오경은 생각했다. 그중 가장 깨끗해 보이는 둘째 언니의 셔츠 밑단을 길게 찢어 돌돌 말았다. 그것을 비스킷 통에 담았다. 짧은 순간 세어보니 이제 열세 개의 비스킷이 남아 있었다. 오경은 통의 뚜껑을 닫고 그것을 구멍 너머로 밀어 보냈다.

그가 통의 뚜껑을 열고 비스킷 사이에서 조심스럽게 천 뭉치를 꺼내는 소리, 자리에 앉아 그것으로 다리를 압박하며 감는 소리가 들렸다.

"어딜 긁혔어?"

오경이 물었다.

"왼쪽 허벅지. 살을 얇게 긁고 지나갔어."

철사 끝을 손으로 만져보니 잘 휘지 않고 빳빳

하며 뾰족했다. 그는 어떻게 이런 꼿꼿한 철사로 꽃을 만들었을까?

군인의 제안대로 비스킷을 이틀에 한 번 먹기로 했기 때문에 그날은 둘 다 굶었다. 스물한 번째 날이었다. 오경은 신물이 올라와 구토를 한 번 했고, 그는 이따금 관자놀이를 관통하는 날카로운 두통을 느낀다고 말했다. 무슨 기분이냐고 오경이 묻자 "번개처럼 순간적으로 나를 관통하는 빛이 보여." 하고 말했다. 그는 조용히 웃었다. "그 순간 나는 죽어."

스물두 번째 날. 통은 오경에게 왔다. 비스킷을 한 개씩 먹었다. 이제 비스킷은 습기를 머금어 눅눅하고 부드러웠다. 씹을 때 입 안에서 잘게 쪼개지지 않고 허물어져 내리며 금세 녹아 사라졌다. 오경은 허기가 찾아와 물을 많이 마셨다. 한 번에 많은 물을 마시면 오히려 몸에 남은 영양분을 잃게 될 거라고 그가 경고했지만 물이라도 먹지 않고는 견딜 수 없었다. 목구멍까지 차오를 만큼 물을 마시자 왼쪽 아래 갈비뼈가 부푼 위 때문에 불룩하게 튀어나왔다. 오경이 꿀떡꿀떡 물을 마시는 소리가 수로를 울리는 동안에도 군인은 입 안에 머금은 물을 조금씩 나눠 목으로 넘겼고 한 번에 세 모금 이상 마시지 않았다. 남은 비스킷은 열한 개.

스물세 번째 날. 둘 다 굶었다. 오경은 안정을 찾았다. 더 이상 배가 고프지 않다는 사실이 놀랍고도 두려웠다. 어떻게 이렇게 아무렇지 않을 수 있을까? 죽을 것 같았는데, 정말 죽을 것 같았는데……. 오경은 기운이 없어 종일 잠을 잤다. 잠에서 잠깐 깼을 때는 빛이 거의 사라져가는 저녁이었다. 오경은 갑자기 서글퍼졌다. 파란 하늘을 떠올렸고 파란 바다를 떠올렸다. 외로움을 느꼈다.

"자?"

그를 불러봤지만 별다른 대답이 없었다. 오경은 잠시 기다리다가 곧 다시 잠들었다.

스물네 번째 날. 아침이 밝고 한참을 기다려도 그가 말이 없었다.

"스물네 번째 날이야."

오경이 먼저 말했다. 군인은 대답이 없었다. 하지만 곧 그가 뒤척이는 소리가 들렸고 몸을 일으

켜 앉는 소리, 잠시 그대로 멈춰 있다가 힘없이 숨을 내쉬는 소리가 들렸다. 통은 군인에게 갔다. 비스킷을 한 개씩 먹었다. 오경은 이상하게 정신이 맑아졌다. 기운이 나고 눈도 번쩍 뜨였다. 수로에 누워 팔다리를 위아래로 길게 늘이고 숨을 참았다가 다시 내쉬었다. 어쩜 이대로 계속 살 수 있을지도 모른다는 생각이 들었다.

그날 밤, 군인은 끔찍한 비명을 지르며 이리저리 굴렀다. 그는 수로의 위태로운 돌들을 다 무너뜨릴 기세로 어깨와 등을 세차게 들이박았다. 쿵. 쿵. 그의 단단한 몸과 수로가 부딪힐 때마다 돌가루가 쏟아져 내렸다. 오경은 어둠 속에서 조용히 눈을 뜨고 그 소리를 들었다. 이미 조금은 짐작하고 있던 일이었다. 그는 며칠 동안 움직임이 둔해졌고 가끔 숨기지 못하고 고통을 참는 신음을 흘렸다. 오경은 그를 부르거나 그만두라고 소리치지 못한 채, 이상하게도 차분하게 가라앉는 마음을 느꼈다. 저런다고 수로는 무너지지 않아. 꿈쩍도 하지 않아. 속으로 생각했다. 남은 비스킷은 아홉 개.

"파상풍이야."

스물다섯 번째 날. 아침에 정신을 차린 그가 솔직하게 털어놓았다. 그의 온몸에는 경련과 오한이 돌고 있었다. 오경은 구멍 너머에서도 떨고 있는 그를 생생하게 느낄 수 있었다. 그는 턱과 이를 쉴 새 없이 딱딱딱 부딪혔다. 호두까기 인형. 오경은 속으로 중얼거렸다. 오경은 파상풍에 걸린 사람을 한 번도 본 적이 없었지만 그 병을 학교에서 배웠다. 증상과, 통증과, 경과들에 관해. 위험에 관해. 죽음에 관해. 알지만 물었다.

"괜찮아?"

"괜찮을 거야."

그가 어눌한 발음으로 말했고 거친 숨에서는 바람 빠지는 소리가 났다. 눌린 기도를 억지로 뚫고 가늘게 삐져나오는 소리였다. 그가 다시 말했다.

"괜찮아."

그날은 둘 다 굶었다. 아무도 먼저 비스킷을 먹자고 하지 않았다. 군인은 밤새 잠들지 않았고 오경도 자지 않았다.

스물여섯 번째 날이 밝았을 때 군인은 말없이 비스킷 통을 열었다. 오경은 불안에 떨며 그 소리를 들었다. 그가 남은 비스킷을 입에 다 털어넣어 버릴지도 모른다는 생각이 들었다. 하지만 그는 평소처럼 비스킷 한 개를 먹었고 뚜껑을 닫은 뒤 화가 난 사람처럼 통을 구멍 속으로 밀쳐버렸다. 통이 다 오지 못하고 어둠 속에 멈춰 서서 오경은 구멍 속으로 손을 뻗어 그것을 가져와야 했다. 통은 오경에게 왔다. 거기서 비스킷 한 개를 꺼내 먹었다. 남은 비스킷은 일곱 개. 오경은 다시 세어보았다. 남은 비스킷은 일곱 개. 숫자는 변하지 않았다. 일곱 개. 오경은 일곱 개의 비스킷을 한참 보다가 뚜껑을 닫았다. 그는 서지 못하는 것이 분명했다. 팔꿈치로 몸을 지탱하고 수로 바닥에 다리를 끌며 기어 다녔다.

스물일곱 번째 날. 둘 다 굶었다. 그는 종일 몸을 덜덜 떨며 웅크리고 있다가 갑자기 깜짝 놀랄 만큼 큰 소리로 고함을 질렀다. 무슨 말이랄 것도 없는 크고 성난 목소리였다. 그는 조용해졌다가 다시 고함을 지르길 반복했다. 오경은 귀를 틀어막았다. 그는 오경에게 말을 걸지 않았다. 오경도 그에게 말을 걸지 않았다. 손에는 내내 작고 차가운 비스킷 통을 쥐고 있었다. 통은 오경의 손에서 미지근하게 데워졌다가 천천히 식었다.

스물여덟 번째 날. 오경은 더 이상 구멍 너머로 비스킷 통을 넘기지 않겠다고 말했다. 그는 아무런 말이 없었다. 이따금 들려오는 통증이 실린 낮은 숨소리가 아니었다면 그가 죽어버렸다고 생각할 정도였다. 그는 구멍 너머에서 꼼짝도 하지 않았다. 그날 오경은 비스킷을 먹지 않았다. 남은 비스킷은 여전히 일곱 개.

하지만 스물아홉 번째 날이 밝자 그가 힘겹게 숨을 몰아쉬며 입을 열었다.

"네 결정이 옳아. 너를 원망하지 않아."

그가 기운 없는 목소리로 말해주었다. 그리고는 옅게 웃었다. 오경은 대답하지 않았다. 무너져 내리다 멈춘 바위 아래서 목과 팔과 다리를 움직였다. 길게 뻗었다가 다시 당겼다. 그리고 비스킷을 하나 먹었다. 남은 비스킷은 여섯 개.

서른 번째 날. 아무도 입을 열지 않았다. 오경은 비스킷을 먹지 않았다. 남은 비스킷은 여섯 개.

서른한 번째 날.

"몸이 조금 괜찮아진 것 같아."

그가 말했다. 오랫동안 말하지 않아서 거칠게 쉰 목소리는 처음 듣는 목소리 같았다.

"병이 나은 걸지도 몰라. 가끔 이런 경우가 있어."

오경은 대답하지 않았다. 그의 숨에서는 계속 바람 빠지는 소리가 났다. 오경은 그의 말소리가 아니라 그 기묘한 바람 소리에 귀를 기울였다.

그가 물었다.

"이야기할래?"

오경은 대답하지 않았다. 그날 오경은 비스킷을 먹지 않았다. 남은 비스킷은 여섯 개.

서른두 번째 날. 그가 비스킷을 달라고 말했다.

"통을 바라는 게 아니야."

그의 조용한 목소리가 수로 안을 빙글빙글 맴돌았다.

"비스킷 한 개를 구멍 속으로 던져줘. 그럼 내가 총으로 끌어올 수 있어."

오경이 대답이 없자 잠시 뒤 그는 분노에 휩싸여 작은 역삼각형 모양의 구멍을 향해 남은 총알을 모두 갈기기 시작했다. 한 번도 발포되지 않았던 총이 근접한 거리에서 폭죽처럼 울렸다. 수로의 돌들이 흔들리고 흙과 먼지가 쏟아져 내렸다. 오경은 흙을 뒤집어쓴 채 머리를 감싸 쥐고 구멍 옆 돌 벽으로 몸을 피했다. 총성이 멈추고 방아쇠를 당겨도 더 이상 총알이 나가지 않자 그는 있는 힘껏 소리를 질렀다. 그러다 웃기 시작했다. 자욱하게 올라온 먼지와 탄약 연기 속에서 그가 웃고 기침을 하고 다시 그칠 줄 모르고 웃고 있었다. 오경은 총에 맞지 않았고 수로는 무너지지 않았다. 오경은 군인에게 비스킷을 주지 않았다. 오경은 비스킷 하나를 먹었다. 역삼각형 구멍을 똑바로 바라보며 비스킷을 입 안에 넣고 이제 습기를 머금어 크림처럼 녹아버리는 그것을 집요하게 씹고 또 씹고 삼켰다. 남은 비스킷은 다섯 개.

서른세 번째 날. 비스킷을 먹지 않았다. 남은 비스킷은 다섯 개.

서른네 번째 날. 비스킷을 먹지 않았다. 남은 비스킷은 다섯 개.

서른다섯 번째 날. 비스킷을 하나 먹었다. 남은

비스킷은 네 개.

군인은 애원하기 시작했다. 너무 춥다고 온몸이 칼에 베인 것 같다고, 이런 고통을 더 이상 견딜 수 없다고 눈물을 흘렸다. 오경은 입고 있던 옷 중 가장 따뜻한 첫째 언니의 양모 외투를 벗어 구멍으로 넣어주려 했지만 너무 두꺼워서 실패했다. 구멍을 통과할 수 있는 건 찢어진 둘째 언니의 셔츠뿐이었다. 오경은 미련 없이 그것을 구겨서 구멍 너머로 밀어 보냈다. 그리고 죽어가는 그를 위해 아무 의미 없는 말들이 나열된 자장가를 불러주었다. 한 사람을 영원히 재우기 위한 길고 부드럽게 반복되는 자장가를 불러주었고, 비스킷은 끝까지 나눠주지 않았다.

나선

"끝났군."

누군가 안타깝게 말했다. 여기저기서 탄식이 흘러나왔다.

"그래서 그는 병으로 죽은 건가?"

"아닙니다."

중위는 고개를 저었다.

"그는 굶어 죽었습니다. 의사들이 그를 부검한 후 사인을 알려주었습니다. 그는 할머니가 구조되기 이틀 전에 죽어버렸습니다."

"그렇군."

아버지는 복잡한 표정으로 턱을 매만지며 생각

에 잠겼다. 아마도 오빠의 죽음에 대해 생각하고 있으리라고, 나선은 생각했다. 오빠는 전투기 조종석이 아니라 활주로 위에서 물건을 운반하는 카트를 밀다가 추락하는 전투기에 깔려 죽었다. 오빠가 밀던 카트에는 50명의 부대원이 반년 동안 먹을 대용량 케첩과 마요네즈 그리고 땅콩버터 통조림이 하나 가득 실려 있었다. 그 많은 알루미늄 통들에서 흘러나온 달콤하고 짭짤한 소스들이 오빠의 죽음과 뒤섞여 있었다. 아버지는 그런 죽음의 의미를 이해할 수 없어 여전히 괴로워하고 있었다.

모두가 중위의 이야기를 듣고 자기 나름대로의 기억들을 떠올리고 있었지만 그 기억과 이 모든 이야기가 무슨 상관인지, 소중히 간직하고 있는 그 기억들을 어떻게 설명할 수 있을지 아무도 알지 못했다.

"할머니가 구조될 때 비스킷 통에는 두 개의 비스킷이 남아 있었다고 하더군요."

중위가 다시 사람들의 주목을 끌며 말했다.

"저는 그 비스킷을 어떻게 하셨냐고 물어보았

는데 할머니는 대답해주지 않으셨습니다. 대신 기적처럼 사람들이 찾아와 무너진 수로의 잔해를 들어내고 그 속에서 자신을 구해주었을 때, 한쪽에서 똑같이 들것에 실려 빛 속으로 올라오는 군인의 시체를 보았다고 말씀하셨습니다. 처음으로 구멍 너머의 군인을 제대로 본 것인데, 그가 너무 작고 야위어서 꼭 자신보다 어린 아이 같았다고 말씀하셨습니다. 앙상하게 마른 다리는 자꾸 들것 밖으로 튀어나와 허공에서 춤을 추었고 다 썩어버린 왼쪽 다리에는 둘째 언니의 셔츠가 감겨 있었습니다. 사람들이 다가와 어떻게 된 거냐고, 저 군인은 누구고, 수로에서 무슨 일이 있었냐고 할머니에게 물었을 때 할머니는 이렇게 대답하셨습니다. 저 군인이 나를 죽이려 했어요. 근데 내가 살고 저 사람이 죽었어요. 그런데 저 사람이 정말 죽었나요?"

중위의 할머니는 수로에서의 기억을 평생토록 혼자 간직하다가 죽음이 임박한 순간에 어린 손자에게 들려주었다고 했다. 그것이 무엇을 의미하며 손자에게 어떤 의미가 될지 정확히 모르는 채로 그런 이야기를 남겼다.

중위가 마른 손으로 피곤이 어린 얼굴을 쓸었다. 그가 먼저 돌아가겠다고 인사하고 자리에서 일어나는데도 어쩐지 아무도 그를 붙잡을 생각을 하지 않았다. 이제 누구도 그가 왜 군인이 되었는지 궁금해하지 않았고, 그런 질문조차도 잊어버렸다. 사람들은 모두 생각에 잠겨 있었다. 그들이 한 번도 생각해보지 않았거나 까맣게 잊었던 것들을 떠올리며 그 거실에 함께 앉아 있었다.

현관을 나서는 그를 나선이 따라가 불렀다. 그가 반쯤 집 바깥으로 몸을 내밀고 나선을 돌아봤다.

"이 모자요."

나선이 두 손 위에 구겨진 곳 없이 말끔한 정모를 올려두고 말했다.

"이게 중위님 것인가요?"

중위는 가만히 그 모자를 바라보다가 고개를 저었다.

"아닙니다. 제 것이 아니군요."

"그래요."

나선은 이제 의미가 없어진 모자를 꽃과 작은 그림 액자로 장식된 현관 선반 위에 아무렇게나 얹어두었다. 그리고 둘은 잠시 그 자리에 선 채로 이야기를 나눴다.

작품해설

삶은 무엇이 아니고자 하는가

이은지

고레에다 히로카즈의 영화 「걸어도 걸어도」(2009)는 오래전 죽은 장남의 기일에 가족들이 모이며 벌어지는 일들을 보여준다. 아버지를 따라 의사가 되리라 촉망받던 장남은 바다에 빠진 사람을 구해주느라 어린 나이에 목숨을 잃었다. 장남의 망연한 죽음을 향한 아버지의 원망과 회한은 차남 료타의 삶을 한낱 장남이 '아닌' 삶이자 장남이 될 수 없는 삶으로 천천히 짓눌러왔다. 그런가 하면 어머니는 장남 대신 살아남은 사내를 기일마다 집으로 초대한다.

총명하고 앞날이 창창했을 장남과 달리 한창때

인데도 알바 자리나 전전하는 사내의 한심한 모습은 부모가 여전히 장남의 죽음을 안타까워할 빌미를 주고도 남는다. 매년 와서 괴로워하는 그를 그만 불러도 되지 않느냐는 료타의 말에 어머니는 바로 그래서 그를 부르는 것이라고 조용히 대꾸한다. '증오할 상대가 없는 만큼 괴로움은 더한 것'이라는 어머니의 말은 일 년에 한 번쯤은 그를 향한 증오로 자식 잃은 고통을 위로해도 좋지 않으냐는 처절함을 담고 있다.

이 영화 속 장면은 『북해에서』를 읽는 데 좋은 참조점이 되어준다. 소설에서 직업 군인인 아버지는 아들이 군에서 불의의 사고로 목숨을 잃은 뒤부터 젊은 장교들을 정기적으로 초대하여 만취하고 흐트러진 모습을 보는 것을 소일로 삼는다. 아들은 활주로에서 케첩과 땅콩버터 따위가 가득 실린 카트를 운반하다가 추락하는 전투기에 깔려 죽고 말았다. 전투나 훈련 같은 대단한 군무를 수행한 것이 아니라 고작해야 군 식량을 옮기다가 맞이한 이 죽음에 애써 부여할 만한 의미 같은 것은 없어 보인다.

아들 같은 젊은이들을 불러다 먹이는 일이 아들 잃은 고통을 잠시나마 덜어주기는 하겠지만 그것을 완전히 해소하거나 해명해줄 리는 만무하다. 그런 점에서 아버지가 벌이는 연회는 아들의 장례를 치른 직후에 서재에 앉아 텅 빈 벽을 밤새도록 바라보던 행위와 본질적으로 다르지 않다. 누군가가 자석에 들러붙듯이 삶의 반대편으로 돌연 사라져버리는 일을 온전히 이해할 도리가 어디에 있겠는가. 남은 이들이 할 수 있는 것이라고는 위와 같은 의례적인 행위를 통해 삶의 불가해함을 견딜 만한 것으로 만드는 것이 고작이다.

한편 나선은 그들 중 한 명을 결혼 상대로 삼아 군인이었던 오빠를 대신하게 해주리라는 부모의 암묵적인 기대를 감내하고 있다. 동시에 이는 군인을 남편으로 삼아 평생을 지내온 어머니의 삶을 이어받는 것이기도 하다. 나선은 장교들로 가득한 아버지의 연회에서 유일한 젊은 여자이므로 이 자리가 그런 자리이기도 하다는 것을 모두가 알고 있지만 누구도 티를 내지는 않는다. 그러니까 이들은 이 자리가 까마득한 선배의 사위가 될 수도 있는 자리라는 것만 알지, 누군가의 죽음을 어떻게든 견뎌보려는 절박함이 기원이라는 것은 알지 못한다.

오빠를 대신해줄 사람과의 혼인을 은근히 강요받는 나선의 삶이 죽은 오빠의 그늘에 가려 있음은 앨범을 통해서도 드러난다. 기억도 나지 않는 유년 시절을 보냈던 북해에서의 사진들은 오빠가 함께 찍힌 것을 추려내느라 몇 장 남지 않았고 그나마 남은 것도 오빠의 뒤통수나 발 따위가 찍혀 있기 일쑤다. "사진을 떼어내어 텅 빈 내지 곳곳"에 "똑같은 직사각형 모양의 희미하게 눌린 자국이 남았"(20쪽)듯이 지우려 해도 완전히 지워지지 않는 오빠의 흔적은 나선을 비롯한 가족들의 삶에 살뜰히 붙들려 있으며 나선은 이를 벗어나고 싶을 뿐이다.

> 나선은 손으로 팔을 감싸고 온전히 자신만이 서 있는 좁은 공간을 느꼈다. 그녀는 먼 곳에서 일어나는 일들에 아무런 관심이 없었다. 그런 관심은 지금 이곳에서 예민한 긴장과 위화감을 느

끼지 못하는 사람들이 기울이는 것이라고 생각했다. (……) 그녀에게 지금 중요한 것은 도착하고 싶은 그곳이 아니라 벗어나고 싶은 이곳이었다. (23쪽)

북해에서의 안보 상황을 묻는 아버지의 질문에 군인으로서가 아니라 '사람'으로서의 의무를 들이대는 한 중위의 대답은 모두의 이목을 끈다. 그는 적국의 공격으로 전소된 북해 도시에서 자신의 할머니가 생존한 이야기를 들려준다. 흥미롭게도 이 이야기는 중위가 구술하는 형식이 아니라 사건 자체가 날것 그대로 삽입되어 있을 뿐 아니라 또 다른 두 개의 이야기가 역시 날것 그대로 겹겹이 들어 있다. 이 세 겹의 액자식 구성은 어찌 보면 액자의 내부보다는 외부를 염두에 두고 만들어진 것이다. 액자 속 이야기는 정작 그것을 들려주는 액자 밖 인물의 이야기와는 전혀 다른 것이며 액자 밖 인물이 모르는 이야기이기도 하다. 이야기 속의 이야기가 전개될 때마다 우리는 그 이야기에 아주 희미한 자국만을 남긴 채 프레임 밖으로 밀려나는 인물을 보게 된다. 어린 나선의 사진에서 프레임을 벗어나 있는 나선의 오빠처럼.

중위의 이야기 속에서 중위의 할머니인 오경은 한밤중의 공습에 언니들과 대피하다가 혼자 살아남는다. 어디선가 나타난 군인에게 쫓기던 오경은 폭격으로 무너진 수로 아래에 갇히고, 작은 구멍 하나로 연결된 또 다른 공간에는 군인이 갇힌다. 쫓고 쫓기는 적대관계에서 고립 상황의 동지가 된 둘은 오랫동안 갇혀 지내며 많은 것을 나누게 된다. 군인의 유일한 식량인 비스킷을 작은 구멍을 통해 넘겨받아 나눠 먹고 에너지를 비축하기 위해 잠을 자고 서로에 대해 대화를 나누며 둘은 하루하루를 버텨간다.

한때 오경을 쫓아오며 죽이려 했던 군인은 식량과 대화를 나누며 오경을 점차 친구처럼 여기게 된다. 심지어 오경이 앓느라 오래 잠들었을 때 오경이 죽은 줄 알고 눈물을 흘리기도 한다. 반면 오경은 자신이 나눠줄 수 있는 대화를 "유일한 무기"(74쪽)로 여기며 비스킷 통을 홀로 독차지할 순간을 노린다. 군인의 도움을 받으면서도 오경은 단한 번 고맙다는 말을 하지 않는다. 고립되기 전까지 그는 오경을 죽이려는 사람이었고 그전에 수많은 사람들을 죽였을지도 모르는 사람이라는 사실을 상기하면서. "닭의 배 속에 달걀은 없다"(85쪽)는 속담에 대한 둘의 상이한 해석은 그들이 이 상황에 얼마나 달리 임하고 있는지를 단적으로 보여준다.

오경이 크게 앓고 난 뒤에 군인은 비스킷 통을 번갈아 간수하자며 오경에게 넘겨주지만, 군인이 철사로 장미꽃을 만들어주느라 파상풍에 걸린 뒤에 오경은 비스킷 통을 넘겨주지 않겠다 통보한다. 아이러니하게도 군인은 파상풍 때문이 아니라 굶어서 죽는다. 수로에서 구출되면서야 보게 된 군인의 시체는 어린아이처럼 작고 야위어 있다. "중요한 것은 우리가 한 선택이 말해주는 우리의 상태"(25쪽)라는 중위의 말처럼, 수로에서 오경이 한 선택은 군인과 같이 철저히 생존을 목표로 처신하여 살아남은 그의 상태를 말해준다. 고립 상황에서의 나눔은 둘의 관계를 적대관계에서 생존의 동지로, 인간애를 나누는 동료로 불안하게 동요시킨 끝에 완전히 역전시켰다.

이 살벌한 생존기는 그 덕분에 세상에 존재할 수 있게 된 중위의 삶을 단단히 사로잡았을 것이다. 그리하여 그는 기묘한 인연과 기막힌 냉철함으로 살아남은 할머니를 생각하며 군인이 되기로 결심하였고, 선배의 질문에 정치적 이해를 고려한 모범답안을 던지는 장교들 앞에서 이 이야기를 들려주기까지 하는 것이다. 그러나 우리는 이 이야기의 정확히 어느 부분이 그로 하여금 군인이 되려는 마음을 갖게 하였는지는 알 수 없다. 오경을 돕고 마음을 표현하였으나 굶주려 죽고 만 군인 때문인지, 극도로 냉정한 판단으로 살아남은 오경 때문인지, 혹은 죽어가는 군인을 위해 오경이 불렀던 "아무 의미 없는 말들이 나열된 자장가"(148쪽) 때문인지.

마찬가지로 오경 또한 이 이야기가 "무엇을 의미하며 손자에게 어떤 의미가 될지 정확히 모르는 채로"(151쪽) 이야기를 들려주었다. 즉 이 이야기는 온전히 해명될 수 없고 각자가 나름으로 해석하는 수밖에는 도리가 없다는 점에서 그 자체로 삶과 죽음의 불가해한 생리를 닮아 있다.

> 모두가 중위의 이야기를 듣고 자기 나름대로의 기억들을 떠올리고 있었지만 그 기억과 이 모든 이야기가 무슨 상관인지, 소중히 간직하고 있는 그 기억들을 어떻게 설명할 수 있을지 아무도 알지 못했다. (150쪽)

중위의 이야기와 자신의 삶 사이에 있는지 없는지도 모를 연결고리를 더듬어 찾는 이들 속에서 아마도 유일하게 나선만이 그 이야기와 자신이 가장 선명하게 연결되어 있음을 감각하고 있을 터이다. 북해에서의 유년에 대한 기록을 오빠의 죽음과 더불어 묻어두어야 하는 나선의 삶과, 북해에서 할머니가 군인 대신 생존한 덕에 존재하게 된 중위의 삶이 그리는 궤적은 어딘가 닮아 보인다. 두 사람의 삶의 단절이자 기원으로서의 북해는 정략적 판단 따위와는 무관한, 삶의 영점zero degree에 닿아 있는 공간인 셈이다.

군인이 유일하게 알던 P국 사람인 미림의 아이

가 자신의 전생에 대해 들려주는 〈북해의 슬픈 왕〉 이야기는 바로 그러한 영점으로서의 북해를 가리키는 지표와도 같다. 겹겹의 이야기를 거친 끝에 가장 깊숙한 곳에서 마주한 이 이야기는 고대를 배경으로 한 우화적인 형식이 보여주듯이 소설 속 모든 이야기의 심원이자 원형처럼 자리하고 있다. 아이러니하게도 이 이야기가 전하는 것은 '모든 것은 변한다'는 메시지이다. 이야기 속에서 영원에 닿기 위해 축조되는 모든 건축물은 그것을 둘러싼 사람들과 세상이 변함에 따라 무너지고 폐허로 변한다. 변화와 붕괴의 반복 속에서 모든 것은 변한다는 사실만이 영원처럼 얼어붙어 있는 것이다.

> 세월은 계속 흘러 미궁과 탑과 요새와 성과 성당은 모두 다른 것으로 변하거나 무너졌다. (……) 누군가 그 터를 바라보며 이곳은 무엇이 있던 자리고 누가 왜 만든 것이냐고 물었지만, 아무도 그곳에 있던 것이 무엇이고 누가 만들었으며 그것을 만든 이유가 무엇이었는지 알지 못했

다. (131-132쪽)

북해가 삶의 영점이자 모든 것은 변한다는 역설에 사로잡혀 있는 공간임은 소설의 제목에서도 암시되고 있다. '북해에서'는 이 소설이 북해에(at) 중심을 두고 있다는 장소성을 의미하기도 하고, 북해로부터(from) 연원하여 어딘가로 계속해서 흘러나간다는 방향성을 의미하기도 하기 때문이다. 영원히 붙들려 있는 것 같지만 벽돌이 재가 되듯이 영겁의 속도로 스러짐으로써 결국은 영원히 변화하고 있는 무엇. 〈북해의 슬픈 왕〉이 전하는 영원히 변화하는 영원의 이미지는 소설 곳곳에 붙박여 있다. 손님을 조금씩 바꿔가며 "끝나지 않고 무수하게 되풀이될"(14쪽) 아버지의 연회, 순간을 영원처럼 가둬놓지만 결국은 빛바래고 앨범에서 떼어지는 사진들, 무한대를 의미하는 기호를 닮아 있지만 입 속으로 사라지거나 눅눅해져 허물어지는 비스킷, 군인에게 이야기해줄 때마다 조금씩 달리 묘사되는 오경의 방.

그러니 어쩌면 북해라는 접점보다도 중요한 것

은 따로 있는지도 모른다. 삶이 무엇을 의미하는지가 아니라 삶이 무엇을 의미하는지 '알 수 없음'을 이해하려는 끝없는 고행으로부터 도망치지 않는 태도에 있어서 나선과 중위는 닮아 있다. 삶이 형벌처럼 부여한 '무의미의 의미'를 두려워할지언정 그 존재를 모르지 않는다는 점에서 둘은 닮아 있다. 나선은 중위의 모자라고 생각했지만 그의 것이 아님을 확인하고 "의미가 없어진"(153쪽) 모자를 매개로 그와 이야기를 나누기 시작한다. 이처럼 삶은 죽음만큼이나 기이하고 또 묘연한 것이어서 삶을 들여다보는 것은 죽음을 들여다보는 것과 다르지 않고, 삶을 사는 것은 죽음을 사는 것과 같은지도 모르겠다. 『북해에서』는 그 기묘함을 붙잡으려고 손을 뻗으면서도 모래알처럼 계속해서 손가락 사이로 빠져나가는 것을 가만히 들여다보는 태도에 사로잡혀 있다. 누군가에게는 의미가 없으리만치 우스꽝스럽게 보이겠지만 바로 그렇기 때문에 고매하고 또 숭고한 태도에.

작가의 말

언젠가부터 북해를 떠올리게 되었다. 눈을 감으면 나는 달리는 기차에 앉아 있고 바다 위로 펄펄 눈이 내리는 모습을 바라보고 있다. 나는 기다린다. 먼 곳에서 일어나는 일들. 물줄기의 근원과 나의 기원. 오래전에 이미 시작되어 언제나 귓가에 어려 있는 자장가를 소리 없는 입술로 따라 부른다. 깊고 복잡한 이야기를 통과하기 위해 네 사람의 이름을 부른다. 나선은 삼차원 공간을 가로지르는 선이다. 오경은 속 깊은 곳이다. 미림은 아름다운 숲이다. 북해의 왕은 슬픔에 잠겨 있다. 그들은 길을 나섰지만 곧 어디로 가려 했는지 잊었고 그럼에도 계속 길을 걷는다. 부드럽게, 부드럽게. 이것은 노래이고 길고 부드럽게 반복되는 자장가이며 마침내 무겁게 눈을 감는 순간까지 끝나지 않는다.

2021년

우다영

북해에서

지은이 우다영
펴낸이 김영정

초판 1쇄 펴낸날 2021년 10월 25일
초판 3쇄 펴낸날 2022년 12월 27일

펴낸곳 (주) 현대문학
등록번호 제1-452호
주소 06532 서울시 서초구 신반포로 321(잠원동, 미래엔)
전화 02-2017-0280
팩스 02-516-5433
홈페이지 www.hdmh.co.kr

ISBN 979-11-6790-071-5 04810
978-89-7275-889-1 (세트)

* 책값은 뒤표지에 있습니다.

현대문학 핀 시리즈 소설선

001	편혜영	죽은 자로 하여금
002	박형서	당신의 노후
003	김경욱	거울 보는 남자
004	윤성희	첫 문장
005	이기호	목양면 방화 사건 전말기—욥기 43장
006	정이현	알지 못하는 모든 신들에게
007	정용준	유령
008	김금희	나의 사랑, 매기
009	김성중	이슬라
010	손보미	우연의 신
011	백수린	친애하고, 친애하는
012	최은미	어제는 봄
013	김인숙	벚꽃의 우주
014	이혜경	기억의 습지
015	임철우	돌담에 속삭이는
016	최 윤	파랑대문
017	이승우	캉탕
018	하성란	크리스마스캐럴
019	임 현	당신과 다른 나
020	정지돈	야간 경비원의 일기
021	박민정	서독 이모
022	최정화	메모리 익스체인지
023	김엄지	폭죽무덤
024	김혜진	불과 나의 자서전
025	이영도	시하와 칸타의 장—마트 이야기
026	듀 나	아르카디아에도 나는 있었다
027	조 현	나, 이페머러의 수호자
028	백민석	플라스틱맨
029	김희선	죽음이 너희를 갈라놓을 때까지
030	최제훈	단지 살인마
031	정소현	가해자들
032	서유미	우리가 잃어버린 것
033	최진영	내가 되는 꿈
034	구병모	바늘과 가죽의 시詩
035	김미월	일주일의 세계
036	윤고은	도서관 런웨이